KB165434

한 번은 읽어야 할

신곡

LA DIVINA
COMMEDIA

한 번은 읽어야 할 신곡

초판 1쇄 발행 2024년 3월 11일
초판 2쇄 발행 2024년 5월 27일

펴낸곳 | 해누리
펴낸이 | 김진용
지은이 | 단테 알리기에리
평 역 | 이동진
책임편집 | 조종순
북디자인 | 종달새
마케팅 | 김진용

등   록 | 1998년 9월 9일 (제16-1732호)
등록변경 | 2013년 12월 9일 (제2002-000398호)
주   소 | 서울시 영등포구 당산로 20길 13-1
전   화 | (02) 335-0414   팩스 | (02) 335-0416
전자우편 | haenuri0414@naver.com

ISBN 978-89-6226-134-9

한 번은 읽어야 할

신곡

LA DIVINA
COMMEDIA

단테 알리기에리 지음 | 이동진 평역

해누리

단테의 생애와 작품《신곡》을 쉽게 이해하다

세계적인 불멸의 명작으로 손꼽히는《신곡》_La Divina Commedia을 쓴 단테 알리기에리는 1265년 3월 이탈리아의 피렌체에서 태어났다. 단테의 아버지인 베린치오네 알리기에리는 피렌체의 겔프당(교황파) 귀족 출신이고, 어머니는 벨라이다. 단테의 아내 젬마와 세 아들 등 집안 내력에 대해서는 잘 알려져 있지 않다. 그러나 단테의 고조부 카치아귀다는 신성 로마 제국의 십자군 전쟁에 기사로 참가했다가 전사했다는 사실이 신곡의 〈천국편〉에서 밝혀짐으로써 단테 집안의 정치적, 종교적 성향을 파악할 수 있게 되었다.

특히 단테가 첫 눈에 반했다는, 구원의 여성상으로 잘 알려진 베아트리체는《신곡》에도 등장한다. 베아트리체의 아름다움은 그의 서정시집 〈신생〉에 더 잘 묘사되어 있다. 단테는 아홉 살 때 베아트리체를 처음 만나 깊은 감명을 받았다. 베아트리체는 시모네 데 바르디라는 남자와 결혼했지만 24세의 나이에 세상을 떠난다. 그러나 단테는 베아트리체에 대한 사랑의 감정은 변하지 않고, 그의 시에 큰 영향을 끼친 것으로 알려져 있다.

단테는 라틴어 학교를 다녔으며 볼로냐 대학과 피렌체의 브루네토 라티니에게서 문법과 논리학, 수사학을 배웠다. 그는 열두 살 때 피렌체의 명문 도나티가의 딸 젬마와 결혼해서 세 아들을 두었다. 청년시절에는 기병대에 입대하여 캄발디노 전투에 참가하기도 했다. 35세 때인 1300년에는 피렌체의 프리오레(지금의 국무위원)라는 지위에 올라 공직생활을 거쳤으며, 그 후에는 피렌체의 대사가 되어 로마 교황청에 파견된 적도 있었다.

그러나 그가 피렌체를 떠나 있는 동안 쿠데타가 발생하여 단테가 소속된 교황당인 백당 겔프당이 몰락한다. 그 결과 단테는 1302년 흑당 정부에 의해 공금 횡령죄로 2년간 국외 추방령과 함께 벌금형을 선고 받는다. 그러나 단테는 정부의 부당한 처사에 대항하여 출두명령에 응하지 않았다가 영구 추방을 당한다. 만일 귀국하면 화형에 처한다는 전제조건이 붙은 형벌을 받은 것이다. 그로인해 단테는 20여 년에 걸쳐 유랑 생활을 시작하게 된다.

단테는 그 후로도 피렌체로 돌아가지 못하고 1318년 라벤나의 영주인 폴렌타가 제공한 교외의 숲(지금의 그랏세)에서 세계 최대의 걸작《신곡》을 완성했으며, 그 사이에 세 아들은 성직자가 된다.《신곡》은 단테의 문학과 종교적 사상을 총체적으로 결집한 작품으로〈지옥편〉은 1304~1308년에 썼고,〈연옥편〉은 1308~1313년에 썼으며,〈천국편〉은 그의 생애 마지막 7년 동안에 완성했다.

단테는 결국 피렌체로 귀향하여 계관시인(桂冠詩人)으로 추대 받고 싶었던 자신의 오랜 염원과 꿈을 끝내 이루지 못하고, 1321년 9월 라벤나 영주 폴렌타의 외교사절로 베네치아에 다녀오는 길에 말라리아로 세상을 떠나고 만다. 그의 유해는 지금도 라벤나의 성 프란치스코 수도사원에 안장되어 있다.

《신곡》은 서곡을 포함한〈지옥편〉 34곡,〈연옥편〉 33곡,〈천국편〉 33곡 등 모두 100곡으로 된 방대한 시 작품으로, 그 줄거리는 단테가 35세 되던 해에 지옥, 연옥, 천국을 일주일 동안 여행하는 형식을 취하고 있다. 당대에는 대부분 문학 작품들이 라틴어로 썼는데도 불구하고 단테는 그 관습을 과감히 깨고 모국어인 이탈리아어로 작품을 썼다.

특히 《신곡》은 당대에 번영한 도시국가인 피렌체를 배경으로 신성 로마제국의 상황을 적나라하게 묘사했으며 놀랍게도 단테는 자기 시대의 교황 7명 가운데 마르티노 4세와 베네데토 11세를 제외하고는 모두 지옥에 떨어졌거나 앞으로 떨어질 것으로 예고할 정도로 교회에 비판적이었다.

그러나 단테의 《신곡》은 거의 모든 내용들 하나하나가 주석을 읽어야만 이해할 수 있는 것들이어서 어렵고 힘든데다가 이탈리아 원문으로 읽어야 문체의 맛과 멋을 알 수 있다.

따라서 이 책은 《신곡》의 주인공 단테의 행적을 따라가면서 주석의 내용을 본문으로 최대한 끌어들여 독자들이 《신곡》의 의미를 포괄적으로 이해할 수 있도록 재구성한 것이다.

이 책은 독자들이 단테의 《신곡》을 전문적으로 읽기 이전의 준비 과정이나, 혹은 원문 번역본을 읽기 이전에, 그 대강의 전모를 젊은 세대들이 파악할 수 있도록 쉽고 가볍게 읽을 수 있도록 꾸민 책이다.

Contents

Inferno_지옥편

*Purgatorio*_연옥편

*Paradiso*_천국편

〈제2지옥에서 단테와 베르길리우스〉 요제프 안톤 코흐, 1823년

지옥편

Inferno

《신곡》 삽화_늑대를 피해 떠나는 단테와 베르길리우스, 귀스타프 도레, 1890년

1
방황의 숲에서 베르길리우스를 만나다

서기 1300년, 이탈리아는 통일국가를 이루지 못한 채, 교황령을 비롯한 수십 개의 도시국가로 분열되어 세력 다툼을 일삼고 있었다.

한편 유럽 각지에서는 중세를 지배하던 교황의 절대 권위가 무너지고 왕을 중심으로 하는 민족 국가들이 제 목소리를 내기 시작했다.

바로 그해, 부활 주일을 이틀 앞둔 성 금요일. 즉 3월 25일 밤에 단테 알리기에리는 울창한 숲 속에서 길을 잃고 방황하고 있었다. 갈수록 숲은 깊고 거칠어지는 바람에 감당할 수 없는 공포심에 사로잡힌 그는 차라리 그 자리에서 죽어버리는 것이 더 낫겠다는 생각마저 들었다.

당시 나이 35세인 그는 이탈리아에서 가장 부유한 도시국가인 피렌체의 최고 지도자였다. 동시에 그는 시인으로서 명성을 떨치고 있었을 뿐만 아니라 신학, 철학, 역사 등의 분야에도 조예가 매우 깊은 학자였다. 그가 56세에 사망했으니까 35세라는 나이는 한 생애의 절반에 해당하는 중년기를 약간 넘은 시기다.

자신의 반평생을 되돌아보면서 여러 가지로 반성을 해야 마땅한 시기이기도 하다. 그런데 세상 물정을 누구보다도 잘 안다고 자부하던 그가 숲에서 길을 잃고 방황하다니! 그것은 참으로 어처구니없는 일이었다.

너무나도 깊은 잠에 곯아 떨어졌다가 눈을 떠보니 그런 처지가 된 것이다. 부질없는 짓에 몰두하면 올바른 길에서 벗어나는 법이다. 자기도 모르게 한숨이 나왔다.

'어쩌다 이런 깜깜한 숲에 들어와 헤매게 되었을까?'

아무리 머리를 쥐어짜도 실마리가 잡히지 않았다. 꿈인지 생시인지조차 알 수 없었다. 무작정 앞으로 걸어갔다. 이윽고 무시무시한 공포의 숲을 벗어나 이름 모를 계곡의 어구에 이르렀을 때 비로소 안도의 숨을 내쉬었다. 눈을 들어 바라보니 아침 햇살이 어느덧 능선을 물들이기 시작했다.

사람이 마땅히 걸어야 할 올바른 길을 밝혀주는 햇살이란 얼마나 고마운 존재인가! 빛이 비치지 않는 죄악의 어둠 속에서는 사람이 올바른 길을 절대로 걸을 수 없다는 사실을 그는 절실히 깨달았다.

동시에 밤새 공포에 떨던 자신의 모습이 참으로 가련하게 보였다. 가슴을 짓누르던 불안과 공포가 이윽고 눈 녹듯 사라지기 시작했다.

난파선의 선원은 거친 풍랑에 시달리다가 간신히 해변에 닿으면 무시무시한 바다를 돌아다보기 마련이다. 죽음을 모면했다는 생각에 안도의 숨을 내쉬지 않을 수가 없는 것이다. 단테도 그러한 선원과 똑같은 심정이었다.

숲에서 길을 잃은 사람 치고 그때까지 살아서 빠져나온 사람이 하나도 없다는 것을 잘 아는 그는 죽음의 숲을 돌아다보면서 역시 안도의 숨을 내쉬었다. 물론 가슴은 여전히 떨렸다.

그는 지칠 대로 지친 몸에 원기를 회복하려고 한동안 바위에 걸터앉아 쉬었다. 그런 다음 황량한 비탈길을 오르려고 무거운 발걸음을 옮기기 시작했다. 언덕길이 몹시도 가파르게 변할 무렵, 알록달록한 무늬의 암표범이 불쑥 앞을 가로막았다.

육욕의 상징인 그놈은 몸매가 날렵하고 동작이 대단히 빠른 야수였다. 놈이 꼼짝도 하지 않은 채 길을 가로막고 노려보는 통에 단테는 겁에 질렸다.

오던 길로 돌아서 도망칠 작정으로 몇 번이고 뒤를 돌아다보았다. 태초에 하느님의 사랑이 창조한 아름다운 별들 위에 군림하면서 아침 해가 떠올랐다.

만물이 창조된 계절인 봄날의 아침 햇살 아래 그는 알록달록한 점박이 표범을 피해갈 수 있을지도 모른다는 희망을 품었다.

그러나 바로 그때 느닷없이 커다란 수사자가 눈앞에 나타나자 그는 새로운 공포에 사로잡혔다. 오만의 상징인 사자는 머리를 꼿꼿이 쳐든 채 당장이라도 단테를 잡아먹어, 굶주릴 대로 굶주린 배를 채우려는 태세였다. 사방의 대기마저 공포에 떨리는 듯 보였다.

게다가 암컷 늑대도 한 마리 다가왔는데 비쩍 마른 그 늑대는 바로 탐욕과 욕정의 상징이다. 과거에 수많은 사람을 비참한 파멸의 구렁텅이로 처넣은 것도 바로 그 늑대였다. 늑대를 보자 단테는 너무나도 겁에 질린 나머지 언덕 꼭대기로 올라가려는 의욕을 완전히 상실하고 말았다.

원하던 보물을 얻은 사람은 뛸 듯이 기뻐하지만 그것을 잃어버렸을 때는 한없이 슬퍼하고 걷잡을 수 없는 비탄에 잠기게 마련이다. 단테도 그와 똑같은 심정이었다. 늑대는 사정없이 단테를 향해서 다가왔다.

그는 조금씩 뒷걸음질을 치면서 태양이 침묵하는 죽음의 숲 쪽으로 밀려났다. 단테가 비탈길 맨 아래쪽까지 밀려 꼼짝없는 위기 상황에 빠져있을 때 눈앞에 무엇인가가 나타났다.

광활한 황야에 나타난 그것은 사람의 모습처럼 보였다. 단테는 환각에 빠진 것이 아닌가 싶었지만 그런 걸 따질 경황조차 없었다. 무작정 큰소리로 외쳤다.

"사람 살려! 당신이 사람이든 도깨비든, 좌우지간 날 좀 도와줘요!"

〈단테와 세마리의 괴수〉 요제프 안톤 코흐, 1828년

그러자 그 사람이 말했다. 하도 오랫동안 침묵을 지켜온 탓인지 그의 목소리는 쉴 대로 쉬어 있었다.

"나도 한때는 사람이었지만 지금은 아니야. 한낱 그림자, 한낱 영혼에 불과해. 나는 줄리어스 시저가 로마를 통치하던 시기 끝무렵에 롬바르디아 지방에서 태어났고, 자비로운 아우구스투스 황제 시절에는 로마에서 살았다. 거짓말을 일삼는 다신교의 잡신들이 판치던 그 당시, 나는 시인으로서 〈아에네이스〉를 저술했지. 그런데 너는 왜 모든 기쁨과 즐거움이 넘치는 저 산을 올라가지 않고 무시무시한 공포와 죽음의 이 숲으로 다시 돌아오려고 하느냐?"

그 말에 단테는 크게 놀랐다. 〈아에네이스〉의 저자라면 단테가 세상에서 가장 존경하던 베르길리우스 바로 그 사람이기 때문이었다.

기원전 70년에 만토바 근처 안데스에서 출생해서 26살 때인 기원전 44년에 살해된 그는 서양 역사상 그리스의 호메로스와 쌍벽을 이루는 위대한 시인이다.

그의 대표작 〈아에네이스〉는 10년에 걸친 트로이 전쟁이 시작될 때부터 그리스 연합군에 트로이 성이 함락될 때까지의 모든 과정을 노래한 장엄한 서사시다.

주인공 아에네이스는 트로이 측의 장군인데, 트로이가 멸망한 후 지중해 연안과 아프리카 북부 카르타고 등을 거쳐 이탈리아로 건너가 로마의 기초를 세우지 않았던가? 단테는 베르길리우스 앞에서 부끄러워 몸 둘 바를 몰랐다.

"그렇다면 장엄한 언어의 강물을 도도히 흐르게 만든 저 로마의 대시인 베르길리우스가 바로 당신이란 말입니까? 오오, 이럴 수가! 세상 모든 시인의 영광이자 광채이신 분이여! 저는 당신 작품을 너무나도 사랑해 오랜 시간 동안 열성을 다해 연구해 왔습니다. 당신이야말로 저의 스승이시고 제가 본받는 유일한 저자이신데, 저는 오로지 당신의 멋진 문체를 본받아 시인의 명성을 얻었습니다. 저는 저 야수에게 쫓겨 뒤로 물러섰습니다. 저 늑대만 보면 온 몸의 피가 얼어붙고 공포에 질려 부들부들 떨기만 합니다. 그 누구보다도 더 큰 명성을 떨치는 현자시여, 저 늑대의 아가리로부터 부디 저를 구해주십시오."

눈물을 흘리며 간청하는 단테를 바라보면서 베르길리우스가 차분한 어조로 말했다.

"야수들이 우글거리는 이곳을 피하려면 너는 다른 길로 돌아가야 한다. 네가 그토록 두려워하는 저 늑대는 단 한 명도 여기를 통과시키지 않고 오히려 모조리 잡아먹고야 말거든. 천성이 어찌나 냉혹하고 사악한지, 저놈의 탐욕은 끝이 없어서 사람을 아무리 잡아먹어도 배가 고파서 날뛰기만 한다. 그리고 저놈은 지금 많은 다른 짐승과 같이 살고 또한 앞으로는 더 많은 짐승과 같이 살 것이다. 그렇지만 마침내 가장 사나운 사냥개 벨트로가 나타나서 저놈을 지독한 고통으로 괴롭히다가 죽이고 말 것이다. 이 사냥개는 토지를 소유하려고도 하지 않고 막대한 돈도 탐내지 않으며, 다만 지혜와 사랑과 용기에만 의지해 활동할 것이다. 그리고 비천한 가문에서 태어날 이 사냥개는 가련하고 비참한 이탈리아의 구원자가 될 것이다. 트로이 전쟁 때 순결한 처녀 카밀라와 왕자 투르누스는 이탈리아를 위해 죽었고, 에우리알루스와 니수스는 트로이를 위해 전사했다. 시기와 질투가 저 늑대를 지옥에서 내보냈는데, 이 사냥개는 늑대를 구석구석에서 내몰아 끝내는 지옥에 다시 처넣을 것이다. 그러니까 너는 나를 따라오는 게 좋을 것이다. 지금부터 내가 너의 길잡이가 되어 주겠다. 넌 영원한 장소인 지옥을 통과하면서 거기서 절망의 통곡 소리를 들을 것이고, 두 번째 죽음 즉 영혼의 죽음을 달라고 울부짖는 옛 사람들의 망령을 볼 것이다. 이어서 너는 불길 속에 있으면서도 만족하는 연옥의 영혼들을 볼 것이다. 그들이 만족하는 것은 언젠가 때가 되면 천당의 축복받은 영혼들과 하나가 될 것이라는 희망을 품고 있기 때문이다. 천당에 네가 올라갈 때가 되면 나는 네 곁을 떠나고 나보다 더 훌륭한 자격을 갖춘 영혼이 너를 인도할 것이다. 나는 그리스도교 신앙을 받아들인 적이 없기 때문에 다른 사람을 천당으로 인도할 자격이 없다. 그래서 하늘나라를 다스리시는 황제께서는 나에게 절대로 천당 문을 열어주려고 하지 않으신다. 그분께서 다스리시고 또 그분의 명령이 시행되는 곳이라면 모두 그분의 나라가 되고 거기에 그분의 옥좌가 있는 것이다. 그분의 선택하심을 받아 그 나라에 들어가는 사람은 참으로 행복하다."

단테는 그의 옷자락을 붙들고 늘어졌다.

"오, 위대한 시인이시여! 당신이 생전에 알지 못했던 바로 그 하느님의 이름으로 간청하니, 제발 저를 이 곤경과 앞으로 당할 더 지독한 곤경에서 구출해, 당신이 방금 말한 그곳으로 데려가 주십시오. 그래서 제게 연옥으로 들어가는 성 베드로의 문은 물론이고 절망의 고통에 몸부림치는 영혼들도 보여주십시오."

해가 서산에 지고 온 누리가 땅거미에 덮이기 시작했다. 피로에 지친 지상의 모든 사람과 생물이 휴식을 취하려고 할 무렵, 단테 홀로 심한 번민에 사로잡혔다.

앞으로 얼마나 험한 여행을 하게 될지, 그리고 얼마나 많은 곤경을 헤쳐나아가야 할지를 생각하니 눈앞이 캄캄했다. 그래서 문득 베르길리우스를 향해 한마디 던졌다.

"선생님! 제가 저 깊고 깊은 골짜기까지 따라갈 능력이 있을지 먼저 생각해 보십시오. 당신이 찬미한 아에네이스는 살아있는 몸으로 지옥으로 내려간 적이 있다고 합니다. 모든 악을 물리치시는 하느님께서 그에게 호의를 베푸신 것은 어느 정도 납득이 됩니다. 그것은 그가 로마 건국의 아버지로서 수많은 공적을 쌓았고 또한 로마는 성 베드로의 후계자가 자리를 잡은 거룩한 도시니까요. 그는 자신의 승리와 교황의 권위를 보증해주는 여러 근거를 저승에서 배운 것입니다. 그 후 선택된 그릇인 성 바울로도 생전에 천당에 올라간 적이 있습니다. 그는 구원의 길의 시작인 신앙을 위해서 위로를 끌어오려고 그곳에 올라갔던 것입니다. 그렇지만 아에네이스도 성 바울로도 아닌 제가 무엇 때문에 저승 여행을 해야 한단 말입니까? 누가 허락을 하겠습니까? 다른 사람들은 물론이고, 저 자신도 제가 그런 여행을 할 자격이 있다고는 보지 않습니다. 따라서 제가 굳이 따라간다고 해도 이 여행은 미친 짓이 틀림없습니다."

사실 그렇게 말하는 단테는 마음이 변했던 것이다. 처음에 성급하게 서둘렀던 일을 이제는 그만두겠다고 작정했기 때문이다. 그러자 너그러운 베르길리우스의 넋이 말했다.

"그림자만 보고 사물을 잘못 판단한 짐승이 꼬리를 사리듯이 사람도 비겁해지면 명예로운 사업에 등을 돌리게 마련이다. 단테야! 겁을 먹지 말고 용기를 내거라! 내가 왜 여기 왔는지, 그리고 무슨 연유로 너를 동정하기 시작했는지 설명해 주어야겠다. 나는 원래 연옥에 머물러 있었다. 그런데 어느 날 천사같이 아름다운 여인이 나타나서 나에게 지시했다. 네가 불행하게도 황량한 산비탈에서 겁에 질려 있으니 맹수들의 독니에서 너를 구해주라고."

단테가 처한 곤경을 보고 제일 먼저 동정심을 품은 분은 천상의 자비로운 여인이었다. 그분은 동정 성모 마리아인데 지옥에서는 그분의 이름을 절대로 부르지 않고 자비로운 여인이라고 부른다.

성모 마리아의 지시에 따라 베아트리체에게 다가간 것은 성녀 루치아였다. 루치아는 빛을 의미하는 말이며 그녀는 은총의 상징이다. 성녀 루치아가 베아트리체에게 이렇게 말했다.

"당신을 너무나 사랑했기에 이승을 떠난 단테를 왜 당신은 구하려고 하지 않지요?"

그 말을 듣자마자 베아트리체는 베르길리우스의 올바르고 탁월한 말솜씨를 믿고 그에게 곧장 내려갔다. 그리고 단테를 구출

해달라고 눈물로 간청했던 것이다. 베르길리우스가 단테에게 말을 건넸다.

"나에게 눈물로 간청한 그 여인은 바로 베아트리체였다. 자, 단테야! 이제 너는 그 이름을 들었으니 힘과 용기가 생겼을 것이다."

단테는 베아트리체라는 말을 듣고 크게 놀랐다. 베아트리체라니! 단테는 아홉 살 되던 해 봄에 피렌체에서 자기보다 한 살 아래인 소녀 베아트리체를 처음 만났다. 그는 첫눈에 깊은 사랑을 느꼈다. 그 후 그는 베아트리체라는 이름만 들어도 저절로 힘과 용기가 솟아났다.

어린 베아트리체는 천사처럼 맑고 아름다웠다. 단테는 베아트리체의 안내로 예수 그리스도의 가르침을 따를 수가 있었다.

하지만 단테가 25살 되던 해인 1290년에 베아트리체는 그만 세상을 떠나 천국으로 가버렸다. 단테는 평생 동안 그녀를 잊지 못했다. 베르길리우스가 말을 이었다.

"비겁하게 도망치려고 하지 마라. 성모 마리아와 성녀 루치아와 천사같이 맑고 아름다운 베아트리체가 하늘나라에서 너를 도와주려고 한다. 네가 죽음의 숲에서 위험에 빠지자 그들은 나에게 즉시 너를 구해주라고 지시했다. 나는 그 누구에게도 뒤지지 않는 탁월한 언변으로 너를 도와주겠다. 자, 용기를 내어 나와 함께 가자."

그러자 단테는 마치 추위에 움츠리고 있던 꽃들이 따뜻한 아침 햇살에 생기를 회복해 고개를 드는 것처럼 용기가 솟았다.

"좋습니다! 이제 우리는 한마음, 한뜻이 되었으니 함께 갑시다."

베르길리우스가 앞장을 서고 단테가 그 뒤를 따랐다. 그들은 험하기 짝이 없는 길에 들어섰다.

2
아케론 강을 건너 지옥으로 가다

베르길리우스는 단테를 데리고 마침내 지옥문 앞에 도착했다. 거대한 그 문 꼭대기에는 검은 글씨로 아래와 같은 문구가 새겨져 있었다.

'이 문을 지나면 영원한 고통의 나라로 들어간다. 구원을 잃은 자들은 나를 통해서 들어간다. 창조주께서 나를 만드신 것은 정의 때문이다. 그분께서는 전능과 최고의 지혜와 극진한 사랑으로 나를 창조하셨다. 천사들 이외에는 나보다 먼저 창조된 것이 없고, 나는 영원히 존재할 것이다. 그러므로 이 문을 통과하는 자는 희망을 모조리 버려야 할 것이다.'

그 글을 읽고 난 단테가 베르길리우스에게 말했다.

"선생님, 저 글을 읽고 나니 그 두려움이 뼈에 사무칩니다."

"겁낼 거 없다. 용기를 내라. 내가 이미 말해준 대로 너는 인생을 헛되게 살아 하느님을 뵙지 못하는 자들처럼 고통을 맛보게 될 것이다."

베르길리우스가 쾌활한 표정으로 단테의 손을 잡아주자 단테는 용기를 가다듬어 지옥문을 통과했다. 캄캄한 밤하늘에는 별 하나 반짝이지 않았다. 한숨, 탄식, 애절한 통곡 소리가 사방에서 들렸다. 단테는 자기도 모르게 눈물을 흘렸다.

짐승이 울부짖는 것 같은 소리, 고통에 못이겨 내지르는 비명, 격노한 고함소리, 고막을 찢을 듯한 높은 목소리와 들릴 듯 말 듯한 목소리, 절망감에 주먹으로 자기 몸을 때리거나 남을 치는 소리가 한데 어울려 영원한 암흑의 대기를 뒤흔들고 있었다.

그 소리들은 마치 회오리바람에 휘말려 떠도는 모래알 같은 것이었다. 단테는 의혹과 불안감에 휩싸여 물었다.

"선생님, 저들은 누구입니까?"

"음! 저들은 세상에서 비난받을 일도, 칭찬받을 일도 하지 않은 미지근한 영혼들이다. 하느님께 반역한 적은 없지만 그렇다고 하느님께 충성을 바치지도 않으면서 오직 자기 자신만을 위해 이기적으로 행동한 비겁한 천사들의 무리와 저들은 섞여 있다. 천국은 저런 자들을 받아들이면 더러워지기 때문에 내쫓았다. 지옥도 저런 자들을 받아들이지 않았는데 그것은 지옥의 무리가 저런 자들보다는 자기들이 더 낫다고 뽐낼 우려가 있기 때문이다."

"그렇지만 저토록 울부짖고 통탄해야만 할 까닭은 무엇입니까?"

단테가 묻자 베르길리우스는 다시 대답했다.

"이유가 왜 없겠니? 저들은 죽음을 바랄 수조차 없고, 그들의 삶은 가장 수치스럽고 비참한 것이라서 다른 사람의 삶을 보면 언제나 부러운 마음만 생기기 때문이다. 세상은 그들에게 명성을 부여하지 않고, 천국도 지옥도 그들을 받아주지 않는다. 저들에 대해서는 더는 말할 가치도 없다."

바로 그때, 세차게 펄럭이면서 잠시도 쉬지 않고 빠른 속도로 전진하는 깃발이 단테의 눈에 띄었다. 헤아릴 수도 없이 많은 영혼이 그 뒤를 따라가고 있었기 때문에 단테는 죽음이 그토록 무수한 사람을 집어삼켰다는 사실이 도저히 믿어지지 않았다.

그 무리 가운데에는 단테도 알아볼 만한 자들이 섞여 있었다. 1294년에 교황이 된 지 불과 5개월 만에 목숨이 아까워 비겁하게도 스스로 교황의 자리에서 물러난 첼레스티노 5세의 모습도 눈에 띄었다.

단테는 그들이 하느님께도 사탄에게도 배척을 받은 비겁한 무리라는 것을 깨달았다. 그들은 살아있을 때 사람 구실을 제대로 하지 못해서 산송장이나 다름이 없었다.

무수한 벌과 말파리들이 발가벗은 그들의 몸뚱이를 마구 쏘아대는 바람에 얼굴은 눈물과 피로 덮이고 발밑까지 피가 흘러 웅덩이를 만들었으며 흉측한 벌레들이 그 피를 빨아먹고 있었다.

단테가 그들이 몰려가는 곳을 바라보자 대단히 큰 강이 있었고 강변에는 수많은 사람이 우글거렸다.

《신곡》 삽화_아케론 강의 뱃사공 카론, 귀스타프 도레, 1890년

"선생님! 저들은 어떤 사람입니까? 그리고 무슨 절박한 사연이 있기에 저토록 급히 강을 건너가려고 하는지요?"

그러자 베르길리우스가 말했다.

"이제 고통과 슬픔의 강 아케론의 기슭에 가보면 저절로 알게 될 것이다."

아케론은 원래 대지의 여신 가이아의 아들인데 잘못을 저질러 지하에 유폐된 그리스 신화의 인물이다. 베르길리우스와 단테는 강가로 내려갔다.

단테는 부끄러움에 눈을 내리깔고 걸었다. 더 꼬치꼬치 캐물으면 베르길리우스가 귀찮아할지도 모른다는 생각이 들어 입을 다물었다.

그때 눈처럼 흰 백발을 바람에 날리는 카론이 노를 저어 배를 몰고 오면서 고함쳤다. 카론은 누구인가? 지하의 신 에레부스와 밤의 여신 사이에 태어난 아들이다.

"사악한 영혼들아, 저주를 받아라! 천국을 바라볼 수 있으리란 기대 따위는 아예 버려라! 나는 너희들을 강 건너 저쪽, 영원한 암흑과 불과 얼음으로 가득 찬 지옥으로 끌고 가려고 온 것이다."

그러다 카론이 단테를 발견하고는 이렇게 소리쳤다.

"네 놈은 살아 있는 자가 아니냐? 여긴 죽은 자의 영혼들만 모이는 데야. 썩 꺼지지 못해? 네 놈은 여기서 강을 건너갈 수 없으니 다른 나루터에서 다른 길로 건너갈 테면 건너가 보아라. 네 놈은 이 배보다 더 가벼운 천사들의 배를 타야만 할 것이다."

그러자 베르길리우스가 카론을 향해 외쳤다.

"카론! 너무 화내지 마시오. 단테는 전능하신 주님의 허락을 받아 지옥의 세계를 견학하러 가는 길이니 아무 말 말고 통과시켜 주시오."

강물은 몹시 흐려서 짙은 회색을 띄었다. 배에 탄 카론의 두 눈동자 주위는 활활 타는 불길로 덮여 있었다. 그의 입은 거칠고 무성한 수염에 가려 잘 보이지도 않았다. 카론은 베르길리우스의 말을 듣고 나자 알았다는 듯이 고개를 끄덕거렸다.

그러나 지칠 대로 지치고 발가벗은 영혼들은 카론의 무시무시한 말에 새파랗게 질린 채 이를 갈았다. 그들은 하느님과 자기 부모와 인류, 자기가 태어난 시간과 장소, 자기를 잉태하게 만든 정자와 난자마저도 저주하며 욕설을 퍼부었다.

이윽고 그들은 목 놓아 울면서 강변 나루터로 몰려들었다. 그곳은 하느님을 두려워하지 않는 자는 누구나 거치지 않으면 안 되는 곳이었다. 악마 카론은 이글거리며 타는 숯불처럼 불길을 내뿜는 눈으로 쏘아보면서 그들을 불러 모조리 배에 태웠다.

그들이 조금이라도 꾸물거리면 노를 휘둘러 사정없이 후려갈겼다. 아담의 사악한 후예들은 카론의 손짓에 따라 줄줄이 차례로 배를 탔다.

그 꼴은 새잡이의 휘파람에 홀린 새들이 하나씩 땅에 떨어지거

〈단테의 배〉 외젠 들라크루아, 1822년

나 또는 무성한 나뭇잎이 가을바람에 하나씩 떨어져 나뭇가지가
모조리 앙상하게 드러나는 것과도 같았다.

　검은 물결을 헤치며 배가 저쪽 기슭에 도착하기도 전에 이쪽
나루터에는 새로 몰려온 무리로 빌써 가득 차 있었다. 베르길리
우스는 아에네이스에서 이렇게 노래한 적이 있다.

가을날 첫 서리 내린 숲에서 나뭇잎이 우수수 진다.
싸늘한 계절이 바다를 휩쓸 때 얼마나 많은 새가
바다에서 쫓겨나 따뜻한 땅으로 몰려가는가!

거기에는 신의 노여움을 조금도 모르는 사람들만 모여 있는 듯했다. 지옥의 사람들은 모두 카론의 노에 얻어맞아 차마 볼 수 없는 몰골이었다. 단테는 그들과 함께 배에 타긴 했으나 그들이 모두 지옥으로 떨어질 것을 생각하니 마음이 아팠다.

그러는 동안 배는 어느덧 강 언덕에 도착했다. 단테가 뒤를 돌아보자 배가 떠났던 저쪽 부두에는 어느새 지옥으로 떠날 수많은 사람이 모여 있었다.

그것을 보고 베르길리우스가 단테에게 말했다.

"저걸 보아라. 주님의 노여움을 받고 죽은 망령들이 각지로부터 모두 이곳으로 모여들고 있다. 저들이 서둘러 나룻배를 타려는 것은 이미 구원의 희망이 없다는 것을 알고 어차피 지옥의 형벌을 면할 수가 없기에, 아예 단념하고 자기들의 운명을 받아들이려는 것이다. 하느님의 정의가 저들을 추방했다. 일찍이 선한 영혼이 이곳 지옥에 흐르는 근심의 강 아케론을 건넌 적은 한 번도 없었다. 아까 카론이 너에게 가벼운 연옥행 배로 갈아타라고 했던 말이 무엇을 암시하는지 너는 잘 새겨들어야 할 것이다."

베르길리우스의 그 말은 단테가 훗날 연옥에 가게 될 것이라는

것을 암시한 것이었다. 그가 말을 마친 순간 큰 바람이 일고 번개
가 떨어졌다. 단테는 그 자리에 쓰러져 그만 정신을 잃고 말았다.

《신곡》 삽화_림보에 머무는 위대한 시인들과 함께한 단테, 귀스타프 도레, 1890년

3
여기는 무신론자들의 슬픈 땅

잠시 후에 하늘에서 천둥이 울리고 벼락이 떨어졌다. 단테는 소스라치게 놀라서 깊은 잠에서 깨어났다. 주위를 돌아보니 그가 서 있는 곳은 깊은 비통의 계곡이었다.

그곳은 사람들의 아비규환이 메아리치고 있는 지옥의 굴 앞이었다. 계곡에는 어둡고 깊은 안개가 서려 밑바닥이 보이지 않았다. 이윽고 베르길리우스가 단테에게 말했다.

"여기서부터 지옥의 세계로 들어간다. 내가 앞장 설 테니 너는 나를 따라 오너라."

그렇게 말하면서 베르길리우스의 얼굴은 겁에 질려 있었다.

"선생님, 제게 힘을 주시던 선생님께서 겁을 내시면 제가 어떻게 따라가겠습니까?"

"겁을 먹은 것이 아니라 지옥에 있는 사람들이 너무 불쌍해서 안색이 변한 것이다."

이어 베르길리우스는 단테를 제1지옥으로 안내했다. 지옥의 세계는 깔때기 같은 반구 형상으로 위로부터 차례로 제1지옥, 제

2지옥…… 제9지옥까지 있다. 죄가 깊을수록 더 깊은 지옥으로 떨어진다. 제1지옥은 비통의 깊은 계곡, 즉 림보_limbo라 부른다.

여기서 제2지옥부터 제5지옥까지를 위층 지옥, 제6지옥에서 제9지옥까지를 아래층 지옥이라고 부른다. 이곳에서 림보라고 부르는 제1지옥은 비통의 깊은 계곡에 머물러 있는 영혼들이 차지하고 있다.

제1지옥의 사람들은 살아 있을 때 너무 용기가 없어서 선행을 하지 못한 죄, 그리고 악을 행하기에는 너무 무서워서 비겁하게 살던 사람들이 머물러 있다.

그들은 살았을 때 하느님을 섬기지 않았으며 하느님께 감사하지 않던 자들로, 물론 세례를 받은 적이 없는 사람의 무리들이다. 마치 마왕 루치페르가 하느님을 배반할 때 중립을 지켰던 나쁜 천사의 무리들과 똑같다. 그들은 묵시록 3장 16절처럼 '너는 뜨겁지도 않고 차지도 않아서 내 입에서 뱉어버리리라.'고 한 것처럼 미지근한 자들을 말한다.

그리고 거기에는 그리스도교가 복음을 전파하기 이전에 살던 사람들과 예수 그리스도가 나타날 것을 믿지 않았던 사람들이 머물러 있으며 천국에서도 환영받지 못하고 지옥에서도 거절당한 사람들이다.

물론 천국이나 지옥 어느 쪽으로도 못 갔지만 살아있을 때 덕망이 높던 사람들도 여기 있다. 림보에는 다른 두 곳이 또 있다.

한 곳은 세례를 받지 못하고 죽은 어린 아이들의 영혼이 머물러 있는 곳이고, 또 다른 한 곳은 구약시대의 선조들이 머물던 지옥의 전 단계로 그곳의 영혼들은 예수 그리스도로부터 구원을 받아 천국으로 들어갔다. 지옥에서는 제1지옥을 지옥의 전 단계라고 부른다.

"나 역시 그리스도가 나타나기 전에 살았기 때문에 이곳에 머물러 있는 중이다."

단테는 림보에 와 본 후에야 세계적으로 명성이 높던 사람이 많이 와 있는 것을 알고 마음이 아팠다.

"그렇다면 이곳에 있는 사람들 중에서 자기 힘으로나 남의 힘을 빌려 천국으로 간 사람들은 없습니까?"

그러자 베르길리우스는 단테가 예수 그리스도에 관해 묻고 있다는 것을 알았다.

"있었지. 내가 여기 온 지 얼마 안 되어 머리에 승리의 왕관을 쓰신 전능하신 예수 그리스도께서 이곳에 오시는 것을 보았다. 그분은 인류 최초의 어버이인 아담과 하와와 그 아들 아벨과 노아, 율법을 세워 주께 충성한 모세와 아브라함, 다윗 왕, 이스라엘의 라헬 등 그 밖에 수많은 사람의 영혼을 이곳에 데려와 축복을 주셨다. 너도 잘 아는 것처럼 예수 그리스도 이전에 이곳에서 인간의 영혼이 구원을 받은 적은 한 번도 없었다."

베르길리우스는 단테와 얘기를 하면서 좀 더 깊은 숲 속으로

〈림보를 방문한 예수 그리스도〉 도메니코 베카푸미, 1535년

들어갔다. 그 숲에는 그리스도교를 알지 못했지만 지혜가 뛰어난 학자와 시인들이 빛으로 존재하고 있었다.

비록 어두운 숲이지만 생전에 학문과 예술에 뛰어난 사람들의 영혼의 빛은 아직도 빛나고 있었다. 베르길리우스는 살아 있을 때 훌륭한 일을 해서 명성이 높던 사람들은 죽은 후에도 돋보임이 계속 된다는 것을 강조했다. 그때 어디선가 큰소리가 들렸다.

"위대한 시인이 오셨습니다. 모두 경의를 표하시오."

그 순간 네 사람의 영혼이 단테 쪽을 향해 다가왔다. 칼을 들고 왕처럼 당당하게 다가오는 사람은 그리스의 유명한 시인 호메로스였다.

그 뒤로 로마의 풍자시인 호라티우스가 있었고, 또한 로마 시인 오비디우스와 루카누스도 있었다. 그들은 모두 시인으로서 베르길리우스에게 경의를 표했다.

그들은 단테를 여섯 번째 시인으로 경의를 표해주었다. 그는 다섯 시인들로부터 분에 넘치는 대우와 영광을 받고 친구가 됐다. 잠시 후 여섯 사람은 일곱 겹의 높은 성벽이 에워싸고 있는 학문의 성 앞에 도착했다.

성의 주위에는 아름다운 강이 흐르고 있었다. 시인들은 모두 눈매가 빛나고 엄숙했으며 풍채가 좋았다. 그들은 말이 없었으나 목소리는 부드러웠다. 그들은 강을 건너서 성벽의 문을 지나 성 안의 푸른 잔디밭으로 갔다. 그곳에는 트로이 전쟁의 영웅 헥토

르와 아에네아스가 보였고, 로마의 영웅 시저 역시 매 같은 눈을 번쩍거리고 있었다. 좀 더 떨어진 곳에는 이집트와 시리아를 다스리던 왕 살라딘도 있었다.

일곱 개의 성벽은 이해, 정의, 굳셈, 절제의 네 가지 덕망과 총명하고 지식이 높고 지혜를 갖춘 사람들만 통과할 수 있다. 여기서 일곱 개의 문이란 문법, 수사, 논리, 음악, 산수, 기하, 천문 등의 일곱 학문을 말한다.

그 문을 통과하자 안에는 학자들이 모여서 얘기를 나누고 있었다. 그곳에는 철학의 대가이자 지혜로운 스승인 아리스토텔레스, 소크라테스, 플라톤이 보였다.

곧 이어 디오게네스, 아낙사고라스, 탈레스, 엠페도클레스, 헤라클레이토스, 스토아 철학의 창시자 제논, 그리스 신화에 나오는 시인 오르페우스, 로마의 철학자 키케로와 세네카, 기하학자 유클리드, 히포크라테스, 그리스의 시인이자 음악가 오르페오, 천문학자 프톨레마이오스 등 이루 헤아릴 수 없을 만큼 많은 학자가 모여 있었다.

베르길리우스는 계속 성안에만 머물 수 없었다. 그는 단테를 데리고 조용히 성에서 빠져나왔다. 그러자 그곳은 지금까지와는 다른 빛이 없는 어둡고 음산한 세상이었다.

4
지옥의 재판관 미노스와 수문장 케르베로스

단테는 베르길리우스 선생과 함께 제1지옥을 지나 그보다 더 아래쪽에 있는 제2지옥으로 내려갔다. 제2지옥은 제1지옥보다 좁았고, 고통의 신음소리가 더 크게 들렸다. 문 입구에는 죄의 판정을 내리는 현명한 재판관 미노스가 이빨을 드러낸 채 무서운 형상을 하고 떡 버티고 서 있었다.

미노스는 마치 염라대왕처럼 문 입구를 지키고 서서, 제2지옥 문으로 들어오는 사람들을 죄질에 따라 가려내어 어느 지옥으로 떨어뜨릴 것인가를 결정한다.

먼저 죄인이 미노스 앞에서 죄를 자백하면 죄가 많고 적음에 따라 몸에 꼬리를 휘어 감는 횟수에 따라 몇 번째 지옥으로 떨어지는지 결정된다. 재판관 미노스는 단테가 온 것을 알고 마태복음 제7장 13절을 인용하면서 설명했다.

"여보게, 이곳에 대해서 설명해주겠네. 자네도 살면서 어느 문을 선택하는 것이 중요한 가를 알아두게. 성서에는 '좁은 문으로

《신곡》 삽화_지옥의 재판관 미노스. 귀스타프 도레. 1890년

들어가라. 멸망에 이르는 문은 크고 넓어서 그곳으로 들어가려는
자는 많으나, 생명에 이르는 문은 좁아서 찾는 자가 적다.'고 했
네. 그 말뜻을 깊이 새겨들게나."

그러자 베르길리우스가 미노스에게 말했다.

"자넨, 지금 왜 그런 말을 하는가? 우리는 하느님의 부르심을
받아 지옥을 견학하러 온 걸세. 그러니 우리가 어디를 가든지 상
관하지 말게."

둘은 그곳을 벗어나 얼마쯤 걸었다. 그러자 슬픈 울음소리와
함께 불평과 악담을 퍼붓는 소리가 풍랑이 몰아치는 겨울바다처

럼 단테의 귀를 사납게 울렸다.

지옥의 태풍이 혼들을 휘몰아쳐 얼려대고, 맴돌며, 윽박지르며 사람들을 들볶았다. 멸망의 순간이 저들 앞에 다가오자 비명과 한탄 속에서 하느님의 권위와 권능마저 모독하는 말들이 들렸다.

찬 겨울에 철새가 날개를 펴고 무리지어 날아가는 것처럼 바람의 악령이 저들을 이끌어 가고 있었다.

"선생님, 저 바람에 휩쓸려 가는 자들은 누굽니까?"

단테가 베르길리우스에게 물었다.

"세상에서 가장 모질고 음탕한 아시리아의 여왕 세미라미스를 아는가? 그리고 이집트 왕의 딸이었던 음탕한 여왕 클레오파트라와 스파르타 왕의 메넬라오스의 왕비로서, 적국 트로이의 왕자 파리스의 유혹을 받아 트로이로 도망가서 트로이 전쟁을 일으킨 엘레나가 바로 저들이다."

단테는 베르길리우스가 바람난 옛 기사들이며 왕녀와 귀족들의 이름을 꿰뚫어 나열하는 말을 듣고 어리둥절해졌다.

단테는 다시 정신을 차리고 제3지옥으로 들어갔다. 그곳은 탐식계라는 지옥으로 평생을 먹고 마시는 일에만 골몰한 영혼들이 모여 있는 곳이었다.

어둡고 음산한 하늘에서는 우박과 눈이 내려 늘 습기가 끼어 있었고, 심한 악취가 풍겼다. 그리고 거기에는 머리가 셋이 달리고 뱀 꼬리 같은 형상을 한 케르베로스라는 개가 세 개의 입을 벌

《신곡》 삽화_지옥을 지키는 케르베로스, 윌리엄 블레이크, 1824~27년

려 어금니를 드러낸 채 입구를 지키고 있었다.

그곳에 온 영혼이 탈출하지 못하도록 감시를 하고 있는 중이었다. 머리칼은 기름이 번드르르했고, 눈은 충혈된 채 사람들을 노리고 있다가 물어뜯고 할퀴기도 했다. 단테와 베르길리우스가 그곳을 지나칠 때 케르베로스가 큰 입을 벌린 채 짖어댔다.

베르길리우스가 흙덩이를 집어던지자 짖어대던 케르베로스가 갑자기 얌전해지면서 허겁지겁 흙덩이를 먹어댔다.

개는 그저 입에 무엇이든지 물려만 주면 조용해졌다. 두 사람은 비를 맞은 채 슬픔에 잠긴 영혼들을 지나쳤다. 바로 그때 그들 영혼 중에서 한 영혼이 몸을 일으켰다. 두 사람은 걸음을 멈추었다.

"여보시오, 지옥으로 가는 분들! 난 당신들을 본 적이 있소. 내가 죽어서 여기 오기 전에 당신은 피렌체에서 살고 있었소."

단테는 그 말에 깜짝 놀라 걸음을 멈추었다.

"그래요? 하지만 난 당신을 본 기억이 없는데, 암튼 당신은 무슨 일로 이런 벌을 받고 있는지요?"

"피렌체 사람들은 나를 이탈리아 말로 치아코(돼지)라고 불렀소. 치아코는 대단한 탐식가로 21세 때 죽었소. 나 역시 치아코 못지않게 피렌체에서도 꽤 유명할 정도의 탐식가였다오. 내가 여기 온 것은 바로 그 탐식의 죗값을 치르기 위해서요."

"아, 그렇군요. 당신의 모습을 보니 참으로 마음이 무겁소. 그렇다면 피렌체 사람들은 도대체 왜 그렇게 흑백으로 패가 갈려서 밤낮 싸움질만 하는지요? 당신은 왜 그런지 그 뜻을 알고 있소?"

"물론 알지요. 저들은 오랜 싸움 끝에 지금은 서로를 말살하려고 획책하고 있소. 피렌체가 살육의 싸움터로 변한 것이오. 지금 피렌체는 시골 출신 체로키 집안과 그 원수인 도나티 집안과의 피비린내 나는 싸움이 계속 되고 있소. 지금은 체로키 집안이 도나티 집안을 피렌체에서 추방했지만, 3년이 채 못 되어 체로키는 패배하고 교황 보니파시오 8세의 도움으로 도나티 집안이 권력을 잡게 될 것이오. 지금 피렌체에는 단 두 사람의 정직한 사람이 있으나 사람들이 그들을 인정하지 못하는 것은 사람들 마음속에서 세 가지의 불이 불타고 있기 때문이죠. 그 세 가지의 불이란 바로 질투, 교만, 탐욕이오."

치아코는 그 말을 마친 후 단테를 빤히 바라보다가 고개를 떨어뜨리고 쓰러졌다. 그러자 베르길리우스가 단테에게 말했다.

"이제 저 사람은 하느님이 심판하러 오는 것을 알리는 천사의 나팔소리가 울릴 때까지 다시는 몸을 일으키지 못할 것이네."

"그럼 이곳 사람들은 심판을 받은 후 더 무거운 형벌을 받게 되는지요? 아니면 형벌이 가벼워지나요?"

"심판을 받고 육체의 부활이 이루어지면 선한 자의 복이나 악한 자의 형벌도 한결 더해질 것이다. 다시 말하면 천사의 나팔 소리가 울린 후, 최후의 심판이 끝나면 인간의 영혼과 육체는 다시 결합하여 완전하게 된다. 그러나 죄인의 영혼은 이미 불안전해 육체를 얻은 후에도 안전하지 못하고 그들이 당하는 고통은 더 가혹해진다."

두 사람은 이러한 이야기를 하면서 다음의 제4지옥으로 갔다.

5
벌거벗은 망령들이
허우적거리고 있는 스틱스의 늪

제4지옥은 세상에서 부귀와 재물을 마음껏 누린 자들을 심판하는 곳이다. 제4지옥은 둘로 나뉜다. 하나는 살았을 때 인색했던 사람들이 가는 곳이 있고, 또 하나는 재산을 마구 낭비한 사람들이 가는 곳이다.

단테는 여기서 먼저 재산의 신 플루토를 만났다. 그는 "파페 사탄, 파페 사탄 알레페!" 하고 부르짖었다. 베르길리우스는 단테를 격려했다.

"이 정도를 보고 무서워해서는 안 된다. 플루토가 제아무리 큰 소리를 쳐도 우리가 가는 길을 방해할 수는 없다. 우리는 바위 아래로 내려갈 것이다."

그리고 분노한 플루토를 향해 다시 큰소리로 외쳤다.

"저주받은 이리야! 네 노여움을 스스로 불태워버려라. 너는 오만함으로 신을 배반한 타락한 천사 루치페르를 힘들게 했다. 천국에서 미카엘 대천사의 부르심을 받아 우리는 이처럼 지옥을 여행하고 있으니 넌 잠자코 있거라."

플루토는 베르길리우스의 말을 듣고 마치 거센 바람에 돛배의 기둥이 부러졌을 때처럼 놀라서 쓰러지고 말았다. 이어 두 사람은 원한의 메아리가 울리는 언덕을 지나 제4지옥 골짜기까지 내려갔다.

그곳에서 단테는 또 한 번 경악했다. 헤아릴 수 없이 많은 영혼이 지중해 시칠리아 맞은 편 메시나해협의 저 유명한 카리브디스의 소용돌이처럼 자기들끼리 휩싸여 소리를 지르면서 우글거리고 있었다.

그곳에는 많은 사람이 두 패로 나뉘어져 무거운 물건들을 가슴으로 굴리고 있었다. 단테는 이상히 여겨 그 광경을 한참동안 바라보았다.

그들 중의 한 패는 오른쪽에서, 다른 한 패는 왼쪽에서 서로 맞부딪치면서 끙끙 소리를 내며 육중한 물건을 굴리고 있었다. 그러다가 서로 맞부딪치면 서로 치고 받고 싸우다가 다시 그것을 굴리면서 서로 욕지거리를 하고 있었다.

"에잇, 바보들아, 너희들은 돈을 모아서 그따위로 인색하게 쌓아 놓고만 살았느냐?"

그렇게 꾸짖으면 다른 한편에서는 질세라 약속이라도 한 듯이 이구동성으로 외쳤다.

"에잇, 바보들아, 너희들이야말로 어쩌자고 그렇게 탈탈 털어

《신곡》 삽화_성난 죄인들이 싸우고 있는 스틱스의 늪, 윌리엄 블레이크, 1824-27년

서 낭비만 하고 살았느냐?"

그들은 같은 동작을 반복하면서 계속 그 짓들을 하고 있었다. 단테는 베르길리우스에게 왼편에 있는 까까머리들이 바로 성직자들이 아니냐고 물었다.

"그렇다. 머리카락이 없는 자들은 모두 성직자인데 저들 중에는 탐욕에 빠진 교황이나 추기경도 있다. 저들은 살아있을 때 떼돈을 벌고도 인색하게 산 사람이나 그와 반대로 번 돈을 주책없이 마구 낭비한 사람이다. 살아서 돈을 올바르게 쓰지 않은 사람들은 모두 이 구렁텅이에 빠져있다."

그런 후에야 단테와 베르길리우스는 인간의 운명과 재산에 관한 얘기를 시작했다. 그러는 동안 별은 어느덧 자오선을 지나 서쪽으로 향해 가고 있었다.

때는 이미 밤의 절반이 지나 1300년 4월 9일 성 토요일 새벽이었다.

"자아, 갈 길이 바쁘다. 저 밑에서 더 큰 고통을 받고 있는 무리들이 있다. 여기서 더는 오래 머물러 있을 수가 없다."

그들은 곧 다음 절벽으로 갔다. 제5지옥을 향해 가자 샘터가 나왔다. 샘터에서는 검붉은 물길이 솟구쳐 골짜기 아래로 흘러내리고 있었다. 기분이 으스스했다. 돌 개천을 따라 잿빛 언덕을 내려가자 일대는 늪이었다.

그 스틱스 늪에는 분노에 찬 심술궂은 사람들이 맨몸으로 허우

적거리고 있었다. 그들은 늪 속에서도 서로 움켜잡고 걷어차고 물어뜯고 있었다.

"저들을 보아라. 저들은 생전에 화만 내던 자다. 잘 보면 저들은 싸우는 동안 수면에는 거품이 부걱부걱 올라오고 있지 않느냐? 수면 밑에서도 저런 사람들이 있다는 뜻이다. 저들은 죽어서도 저렇게 불만투성이다. 그래서 저들은 저 진흙탕 늪에서 벗어나지 못하고 고통을 받고 있다."

그의 말을 듣고 보니 늪 속에서 우글거리는 것이 마치 양치질이라도 하듯 무슨 말을 지껄여대고 있었다. 그 소리는 단테의 귀에도 들렸다.

"우리는 해가 비치는 아름다운 세계에 살 때에도 항상 분노를 품고 있었다. 그런데 이 시커먼 진흙 수렁에서도 우리는 화만 버럭버럭 내고 있는 것이다."

단테와 베르길리우스는 마침내 늪과 절벽 사이를 지나 디테 성이 멀리 보이는 곳에 도착했다.

6
큰 죄인들이 가득 찬 디테 성의 문

멀리 높은 탑이 안개에 싸여있고, 탑 위에 두 개의 작은 불빛이 흔들리고 있었다. 단테가 이상히 여기고 있을 때 불꽃에서 좀 떨어진 위치에서 신호를 보내는 불빛이 나타났다.

"선생님! 저 불꽃은 무슨 신호죠?"

단테는 베르길리우스에게 물었다.

"두 개의 불빛은 우리가 성 가까이 다가오고 있다는 것을 알리고 한 개의 불빛은 '잘 알았다'고 신호를 보내는 것이다."

마침내 두 사람 앞으로 쪽배 한 척이 다가왔다. 노를 젓는 사람은 플레기아스였다.

"고얀 놈! 이제야 왔단 말이냐?" 하고 멀리서 내지르는 소리가 들려왔다.

라피타에를 다스리던 왕 플레기아스는 아폴로가 자기 딸을 능욕한 것을 알고는 분노에 못이겨 델포이의 아폴로 신전에 불을 지른 뒤 아폴로의 화살에 맞아 죽은 인물로 이곳 지옥의 스틱스

《신곡》 삽화_플레기아스와 스틱스의 늪을 건너는 단테와 베르길리우스, 귀스타프 도레, 1857년

늪에서는 뱃사공 노릇을 한다. 플레기아스는 단테를 지옥에 떨어

진 망령으로 착각한 것이다.

베르길리우스가 말했다.

"플레기아스! 우린 늪을 건널 때까지만 네 신세를 질뿐이다."

그러자 플레기아스는 화를 참느라고 입술을 깨물었다. 단테와

베르길리우스는 그의 배에 올랐다. 그 순간 선체가 물에 잠기며

기우뚱했다.

이 쪽배는 지금까지 영혼만 태웠기 때문에 산 사람인 단테의

몸무게 때문에 그렇게 된 것이다. 얼마 못 가서 두 사람 앞에 진흙 투성이가 된 옷을 걸친 사람이 나타났다. 자세히 보니 그는 피렌체에서 심술궂기로 유명했던 필립보 아르젠티였다.

"너희들은 왜 여길 왔는가?"

"우리들은 이곳을 살피러 왔을 뿐이네. 헌데 자넨 왜 그런 꼴로 여기 있나?"

그러자 필립보 아르젠티는 화를 버럭 내며 단테를 치려고 했다. 베르길리우스가 그를 가로막고 밀쳐냈다.

"이놈, 썩 물러가라! 넌 심술구러기 개들하고나 어울려라."

그 말에 그는 깜짝 놀라 늪의 수면 아래로 잠적해버렸다. 단테는 스승에게 감사를 표시했다. 아르젠티의 신음 소리가 멎은 후에 이번에는 또 다른 울부짖는 소리가 들려왔다.

"단테야, 무슨 소리가 들리지? 마침내 우리는 큰 죄인들이 가득 찬 디테 성에 왔다."

디테 성은 깊은 주위에 물로 둘러싸여 있었고, 성벽은 무쇠로 만들어졌으며, 성안에는 진홍색의 회교 사원들이 보였다. 뱃사공이 소리쳤다.

"내려라! 여기가 입구다."

그때 성벽 위에서는 대 악마 루치페르와 함께 천국에서 쫓겨난 1천 명도 더 되는 악마가 단테를 내려다보고 있었다. 그들은 울분을 터뜨렸다.

"이건 누구냐? 아니, 살아있는 놈이잖아! 여긴 죽은 혼들만 오는 곳인데 저놈이 어떻게 여길 왔단 말이냐?"

베르길리우스는 그들과 잠시 무엇인가 의논을 하고 싶다는 신호를 보냈다.

"그럼, 살아있는 놈은 돌려보내고 너만 오너라."

그 말을 듣자 단테는 놀라서 뼛속까지 소름이 끼쳐왔다.

"선생님! 저 혼자 두고 가지 마십시오. 아니면 저와 함께 그만 돌아가시든지요."

"걱정 말아라. 우린 지금 하느님의 뜻에 따라 이곳에 온 것이다."

그러는 동안 악마들은 자기끼리 서로 무슨 말을 주고받더니 갑자기 서둘러 성 안으로 들어갔다. 베르길리우스가 성문 앞에 서자 그들은 갑자기 문을 굳게 닫아걸었다. 베르길리우스는 난처한 표정으로 단테에게 돌아왔다.

"저런 악마 놈들한테 무시를 당하다니. 하지만 기다려라. 놈들이 저러지만 결국 이 지옥문은 열릴 것이니 두고 봐라. 머지않아 천사가 나타나 우리를 위해 문을 열어줄 테니까."

베르길리우스의 안색은 약간 변했지만 잠시 후에는 화가 누그러져서 단테를 달랬다. 단테는 그 말을 듣고도 불안감을 감추지 못했다.

"지금까지 우리가 온 코스대로 여행한 사람은 내 친구 중에도

〈지옥〉(부분) 요제프 안톤 코흐, 1825-28년

아주 드물다. 난 죽은 후에 마녀 에리토네에게 불려간 뒤 지옥 중
에서 가장 무서운 제9의 지옥에 떨어진 한 영혼을 구출하러 이 성
안에 들어와 본 적이 있었다. 그래서 나는 누구보다 이곳을 잘 안
다. 그러니 넌 걱정 말고 잠시 기다려라."

　그때 갑자기 피투성이가 된 세 명의 푸리에가 나타났다. 이 세
명의 복수의 여신은 메게라(질투), 테시포네(복수), 알렉토네(불
안)였다.

　그들은, 몸은 여성이지만 머리는 녹색의 뱀을 띠로 맨 무서운
형상을 하고 있었다. 단테는 무서워서 베르길리우스 뒤로 숨었

지옥편 59

다. 그러자 푸리에 가운데 하나가 외쳤다.

"메두사를 데려와 저들을 돌로 만들어버리자!"

메두사는 고르곤이라는 세 여괴의 하나로 처음에는 인간의 아름다운 딸이었으나 아테네 신전에서 두 아들을 낳고 머리가 뱀으로 변했다. 그래서 그의 무서운 머리를 보는 사람은 즉시 돌로 변했다. 베르길리우스는 단테가 고르곤을 보지 않게 하기 위해 단테를 뒤돌아서게 한 다음 손으로 눈을 가렸다.

그 순간 큰 지진과 폭풍우가 한꺼번에 몰려오는 것처럼 땅이 흔들리면서 천사가 내려왔다. 그러자 놀란 악마들은 한꺼번에 늪 속으로 달아나버렸다.

이어 베르길리우스는 단테에게 천사가 나타났으니 몸을 굽혀 예의를 표하라고 암시를 했다. 단테가 몸을 굽히고 천사를 보았다. 천사는 작은 지팡이를 들어 올려 문을 밀었다. 그러자 굳게 닫혔던 큰 성문이 쉽게 열렸다. 주위는 놀랍게도 조용했다.

"악마들아! 하늘의 뜻을 너희들이 감히 거역할 수 있겠느냐?"

베르길리우스가 외쳤지만 아무런 반응이 없었다.

7
처참한 탄식소리로 불타는 묘지

단테와 베르길리우스는 성문을 통과해 안으로 들어갔다. 성안의 주변 일대는 묘지로 뒤덮여 있었다. 관들은 모조리 뚜껑이 열려 있었고, 처참한 탄식소리가 들려왔다. 묘지들 사이에서는 불길이 치솟고 있었다.

"스승님, 저 사람들은 누굽니까?"

"이곳은 각종 이단의 우두머리들과 그 추종자들이 와 있는 곳이다."

좁은 길을 따라 제6지옥 쪽으로 발길을 돌려서 가장 먼저 만난 사람은 그리스 철학자 에피쿠로스였다. 그는 기원전 341년에서 270년까지 살았던 쾌락주의의 창시자로서 인간의 영혼 불멸설을 부정했다.

그는 인간의 영혼은 육체의 죽음과 함께 소멸된다고 주장한 철학자였다. 단테가 그에 관한 얘기를 베르길리우스와 나누면서 걷고 있을 때, 뜻밖에 한 남자가 묘지에서 목을 쑥 내밀고 말을 걸어

《신곡》 삽화_이단자들의 묘지, 귀스타프 도레, 1890년

왔다.

"여보시요, 여보시요! 당신은 살아있는 사람 같은데 어떻게 여길 왔소? 당신의 말소리를 들어보니 분명 토스카나 지방의 피렌체 사람 같은데 내 말이 맞죠?"

단테는 그의 말에 놀라서 무서움에 떨며 베르길리우스의 등 뒤로 숨었다.

"단테야, 숨지 말고 저 남자를 똑바로 보아라. 저 자가 바로 파리나타다."

파리나타는 피렌체의 우베르티 가문 출신으로 영혼 불멸설과 내세를 부정한 에피크로스파의 학자였다. 그는 1293년에 기벨리니당의 당수가 된 후, 당원들과 함께 고향에서 쫓겨나 시에나에서 동지들을 규합, 전쟁에서 겔프당을 대패시켰다. 단테의 할아버지는 바로 그 겔프당 소속이었다. 베르길리우스는 단테를 파리나타 앞에 세웠다.

"단테야, 저 자 앞에서 당당하게 말하거라."

그 말을 들은 파리나타가 단테를 향해 물었다.

"그대는 어느 집안의 후손인가?"

그러자 단테가 정직하게 대답했다.

"우리 할아버지는 겔프당원이었소."

"그럼 우리당의 적이었군. 난 겔프당과 두 번이나 싸운 기벨리니 당수였소."

〈파리나타 델리 우베르티〉 베르나르디노 포체띠. 1583-86년

"겔프당은 고향에서 쫓겨났지만 두 번이나 되돌아오지 않았
소?"

그때 또 다른 묘지에서 누군가가 얼굴을 내밀었다. 피렌체에서
왔다는 말을 듣고 혹시 자기 가족이 아닌가 싶어 고개를 내민 것
이다.

"여보시요, 피렌체의 학자님! 내 아들 이름이 구이도요. 내 아
들 소식을 아시오?"

"난 혼자 여길 온 게 아니오. 저기 계신 스승님께서 날 안내해주
고 있는 것이오."

단테가 자세히 보니 그는 자기 친구이자 시인인 구이도 카발칸티의 아버지였다. 그 역시 파리나타처럼 내세와 영혼의 존재를 믿지 않았던 사람이었다.

단테가 미처 대답도 하기 전에 그는 '구이도가 죽었단 말이오?' 하고 제 스스로 결론을 내리고 뒤로 쓰러져 다시는 모습을 보이지 않았다. 단테는 잠시 파리나타와 여러 얘기를 나누었다. 그리고 마지막으로 파리나타에게 말했다.

"파리나타 씨, 구이도는 피렌체에서 잘 살고 있다고 전해주시오."

단테는 지독한 냄새가 풍기는 묘지를 떠났다. 베르길리우스는 단테가 기운이 없어 보이자 위로의 말을 건넸다.

"단테야, 무슨 고민이 그리 많으냐? 언짢은 일들은 마음속에 깊이 접어두어라."

얼마쯤 가서 두 사람은 성벽 뒤의 오솔길을 따라 제7지옥 골짜기 쪽으로 걸어갔다. 두 사람이 둥글고 큰 절벽 아래를 내려다보았다.

그곳에는 지금까지 보았던 형편보다 더 지독하고 비참한 광경이 나타났다. 그들은 밑에서 치솟는 썩은 냄새로 숨이 막혀 코를 막아야 했다. 그리고 아래서 올라오는 이상한 바람에 쓰러질 지경이었다.

"단테야, 천천히 내려가 보자. 아래서 치솟아 오는 슬픔의 악취도 좀 익숙해졌을 테니."

"하지만 내려가는 건 시간 낭비가 아닐까요?"

"맞는 말이다. 그럼 이제부터 제7지옥을 설명해주지. 아래 바위에 둘러싸인 지옥은 세 구역으로 나뉘어져 있단다. 각 구역마다 죄의 경중에 따라 깊은 곳으로 떨어진다. 첫 번째 구역은 난폭한 짓을 한 사람, 두 번째 구역은 거짓말을 많이 한 사람들, 세 번째 구역은 특별히 배신자들이 수용되어 있다. 그러니까 각 구역마다 저지른 죄질에 따라 분류, 격리되어 있다. 다시 말하면 제1구역에는 살인자와 도둑놈, 남의 재산을 파괴한 자들이 있다. 제2구역에는 자살한 자들과 도박꾼들, 고리대금업자들이 있다. 제3구역에는 하느님을 무시한 자들이 수용되어 있다. 단테야, 나를 따라 와라. 벌써 새벽 4시이고, 우리들이 내려가야 할 절벽은 아직도 멀다."

8
인간들이 흘린 피의 강, 슬픔의 숲

절벽으로 내려가 보니 바위들이 몹시 험악했다. 그들은 어쩔 수 없이 걸어야 했다. 그곳에 몸통은 사람이고 머리는 황소의 머리를 한 미노타우로스가 누워 있었다.

크레타 섬의 왕 미노스의 왕비 파시파는 바다의 신이 준 황소를 연모해 마침내 미노타우로스 같은 괴물을 낳았다.

미노스 왕은 왕비가 미노타우로스를 낳자 창피해서 괴물 미노타우로스를 미궁에 유폐시키고, 아테네 시에서 해마다 젊은 남녀 일곱 명씩 데려다 제물로 바쳐 미노타우로스에게 먹였다.

그러자 아테네의 성주 테세우스가 미노타우로스를 잡아 죽였다. 그 괴물은 살아 있을 때, 너무 난폭한 짓을 많이 해서 죽은 후에 이곳에 들어온 것이다. 괴물은 두 사람을 보더니 화가 나서 제 몸을 물어뜯었다. 베르길리우스가 그것을 보고 말했다.

"네 이놈! 우린 널 죽인 아테네의 테세우스가 아니다."

그러자 미노타우로스가 비틀거렸다.

〈미노타우로스〉 조지 프레데릭 왓스, 1885년

"단테야, 어서 여길 빠져 나가자."

두 사람은 위험한 바위를 더듬어 골짜기 아래쪽으로 나아갔다.

"이 바위가 전에는 이처럼 험악하지 않았다. 이렇게 된 것은 옛날 지옥의 왕 루치페르를 디테에서 끌어내리려고, 예수 그리스도가 이곳에 왔을 때부터였다. 그때 여기 있던 바위들이 부서지고 다른 곳에서는 산사태가 났다. 예수 그리스도는 세상을 악으로부터 구하기 위해 십자가에 못 박혔던 것이다. 마태복음 27장에 기록된 것처럼 당시 온 세상은 캄캄해지고 땅은 진동했으며, 이 골짜기도 그때부터 이렇게 위태롭게 된 것이다. 단테야, 저 아래를 보아라. 저 붉은 물이 인간들이 흘린 피의 강이다. 폭력으로 남을 해친 자들은 바로 저 강 속에서 삶아진다."

그 다음에는 활처럼 굽은 큰 강이 있었다. 그리고 그 강가의 언덕에는 활을 가진 켄타우로스들이 있었다. 그들 가운데 네소스가 나서서 소리쳤다.

"이놈들아! 너희들은 무슨 벌을 받으려고 여기까지 내려왔느냐? 그 자리에 멈추고 대답을 해라. 아니면 이 활을 쏘겠다."

그러자 베르길리우스가 대답했다.

"우리들은 네 옆에 있는 키론에게 말하겠다."

켄타우로스는 본래 그리스 메살라니아 산악지대의 야만족으로 얼굴은 사람인데 몸통은 말의 모습을 한 괴물로 포악의 상징이었다. 키론 역시 켄타우로스 중의 하나였지만 키론은 천문학과

의학과 음악에 조예가 깊다는 것을 단테도 잘 알고 있었다. 베르길리우스가 키론을 선택한 것은 그런 이유 때문이었다. 베르길리우스는 키론을 만나서 말했다.

"단테는 죽은 영혼이 아니라 생존 인물입니다. 내가 단테의 길 안내를 맡게 된 것은 베아트리체의 부탁을 받았기 때문이오. 사정이 이렇게 되었으니 당신이 이곳 길 안내를 맡아줄 수가 있겠소?"

키론은 그 말을 듣고 네소스에게 부탁했다. 그들은 네소스의 안내로 부글부글 끓는 피의 강을 따라서 걸어갔다. 네소스는 피의 강에 빠져 겨우 고개만 내놓고 있는 사람들을 가리키며 말했다.

"저놈들은 살았을 때 남의 피를 흘리고 재산을 강탈했던 자들입니다. 살아있던 당시에는 훌륭한 왕으로 불렸지만 사실은 백성들을 몹시 괴롭혔습니다. 5세기의 사제이자 역사가인 오르시우스의 말에 의하면, 마케도니아의 폭군 알렉산더는 페르시아 전쟁을 시작할 때 자기 친척과 측근들을 모두 죽이고 떠났다는 기록이 있습니다. 그는 신하의 꾀에 넘어가 독약을 마시고 죽었습니다. 시칠리아 섬의 시라쿠사의 폭군 디오니시오스, 그리고 북이탈리아의 폭군으로 유명한 아촐리노도 여기 있습니다. 저들은 지금 저렇게 비참한 상황에 빠져있습니다."

두 사람은 네소스의 말을 들으면서 피의 강 속에서 허우적대는

사람들을 바라보았다. 그들은 갈수록 피의 수면이 낮아진다는 것을 알았다. 물이 발목 깊이쯤 되는 지점에서 네소스가 단테를 향

해 말했다.

"자, 여기서 강을 건너가시오. 여기서부터는 더 깊어집니다."

단테가 얼마쯤 건너가자 다시 울부짖는 소리가 들려왔다.

"여보시요, 여보시요!"

"저쪽에는 흉노족의 왕으로 이탈리아를 침략한 아틸라가 있고, 페르시아의 피루스 왕도 있습니다."

또다시 두 사람은 얕은 곳으로 갔다. 피의 강을 지나자 이번에는 길 하나도 없는 숲이 이어졌다. 숲 속의 나무들은 푸른빛이 없고 모두가 검었다.

가지는 마디만 있고, 열매도 열리지 않았으며 독이 든 가시들이 촘촘했다. 우연히 위를 올려다보니 여자 얼굴을 한 새의 괴물 하르피에 넷이 둥지 속에 있었다.

"여긴 제7지옥 중에 제2구역의 입구지요."

단테는 아무리 주위를 둘러보았지만 사람이 없었다. 베르길리우스가 단테에게 말했다.

"가지 하나를 꺾어보아라."

단테는 가시가 있는 작은 가지 한 개를 꺾었다. 그러자 그 밑동(줄기)이 말했다.

"야, 이놈아! 내게 무슨 원한이 있느냐?"

단테는 깜짝 놀랐다. 꺾인 가지에서 검은 피가 줄줄 흐르고 있었다. 나무 가지가 단테를 향해 화를 내며 말했다.

《신곡》 삽화_비탄의 숲에 사는 하르피에와 자살자들, 윌리엄 블레이크, 1824~27년

"우리가 지금은 나무지만 본래는 사람이었다. 비록 우리들은 넋으로만 남아있지만 넌 우리를 조금은 불쌍히 여길 수도 있지 않겠느냐?"

베르길리우스가 그들과 한동안 얘기를 나눴다. 단테는 비로소 그 나무가 약한 자들의 영혼이 형체를 바꾼 것이라는 것을 알았다.

"알고 싶은 것이 있으면 어서 물어라. 시간만 낭비하지 말고."

"선생님! 저는 연민의 마음이 가득 차서 말이 안 나옵니다. 선생님께서 대신 물어봐 주십시오."

하고 단테가 말했다. 베르길리우스가 나무에게 물었다.

"여보시오, 어떻게 이런 나무 마디 속에 당신의 영혼이 처박혀 있소? 서로 떨어질 수는 없소?"

"제 말을 들어보시오. 제가 어쩌다 정신이 돌아서 힘을 썼더니 미노스가 달려와서 나를 이곳으로 데려왔습니다. 제가 머물 곳은 이곳뿐입니다. 난 여기서만 싹이 트고 나무로 자랐을 뿐이오."

바로 그때 나무가 다시 입을 열려는 순간 요란한 소리가 들렸다. 그것은 마치 산돼지 몰이 사냥이 막바지에 이른 듯 무수한 나뭇가지가 꺾이는 소리였다. 이윽고 두 놈이 모두 발가벗은 채 외마디 소리를 지르며 숲 속을 달려오고 있었다.

그들은 시에나 출신의 라노와 파두아의 큰 부자였던 자코모 산탄드레아였다. 그들은 재산을 탕진한 후 절망으로 자살한 사람들이었다.

9
사람의 얼굴과 뱀의 몸을 지닌 괴물, 게리오네스

슬픔의 숲을 지나 더 깊이 들어가자 땅은 마치 사막처럼 메말랐다. 여기저기서 벌거벗은 영혼들이 불의 비를 맞고 있었다. 그들은 생전에 모두 하느님을 비웃던 사람들이었다.

얼마 안 가서 그들은 제1구역의 입구에서 흘러내리는 붉은 피의 강에 도착했다. 단테가 지옥의 문을 거치는 동안 이곳 피의 강에 사람이 가장 많았다. 그때 베르길리우스가 멈춰 서서 말했다.

"지중해의 크레타 섬 한가운데 '이다'라는 산이 있다. 지금은 아주 황폐하지만 그 산의 정상에는 나이가 매우 많은 노인의 거대한 동상이 우뚝 서 있다. 이것은 다니엘서에 나오는데 네브카드네자르 왕의 꿈속에 나타난 거인상을 말한다. 성서 속의 거인은 이상적인 세상의 변화를 예언하고 있다.

그 동상은 이집트의 옛 도시 다미에타를 등지고 로마를 바라보며 서 있다. 다미에타는 파라오 시대의 죄악과 노예생활을 뜻하고, 로마는 예수 그리스도를 통해 교화된 영적 해방을 상징하고 있다. 거인의 머리는 순금으로 만들었다. 이것은 죄를 모르는 황금시대를 뜻한다. 팔과 가슴은 순은이고, 배는 청동, 그리고 그 아래는 쇠로 만들어졌는데 오른쪽 다리는 구운 흙으로 만들어졌다. 여기서 오른쪽 다리는 교회를 뜻하고 왼쪽 다리는 신성로마 제국을 상징한다. 오른쪽 다리의 구운 흙은 교황의 세속적 권력이 약하다는 것을 상징한다. 그래서 그 동상은 주로 왼쪽 다리에 의지해서 서 있는 것이다. 그 동상은 금으로 된 머리만 완전하고 나머지는 모두 갈라진 틈이 나 있는데 그 갈라진 틈에서 눈물이 흘러 강을 이루고 있다. 그 눈물의 강은 바위를 타고 흘러내려 지옥의 문 아케론 강으로 흘러들어 가고 있다."

베르길리우스 말에 단테가 물었다.

"그런데 왜 우리가 오는 동안 눈에 띄지 않고 지옥에서 피의 강이 되어 보이죠?"

"그건, 지옥이 마치 깔때기 모양을 하고 있어서 우리가 왼쪽으로 돌아왔기 때문에 도중에서는 서로 만나지 못했던 것이다."

"선생님, 한 가지만 묻겠습니다. 플레게톤 강과 레테 강은 어디 있죠?"

"아까 우리가 지나 온 제7지옥 맨 처음에서 본 강이 플레게톤 강이고, 레테 강은 여기가 아니고 연옥에 있지. 죄를 회개하고 면제받으려면 스스로 그 강에 가서 씻어야 잘못을 잊을 수 있다. 그래서 레테 강을 '망각의 강'이라고도 부르는 것이다."

숲에서 꽤 멀리 떨어진 둑으로 단테가 걸어가고 있을 때 수많은 영혼이 둑을 따라 오면서 날카로운 시선으로 단테를 뚫어지게 바라보고 있었다. 그 가운데 하나가 단테를 알아보고는 단테의 옷자락을 잡아 당겼다.

단테가 깜짝 놀라 그를 보니 얼굴이 거의 타서 형체를 알아볼 수 없는 인상을 하고 있었다. 하지만 단테는 그가 피렌체의 정치가로 자기가 존경하던 스승 브루네토 라티니라는 것을 알았다. 그는 피렌체의 겔프당 소속 철학자로 정치적 박해를 받아 프랑스로 망명했다.

"브루네토 선생님, 왜 이런 곳에 와 계시죠?"

단테는 피렌체의 귀족 브루네토를 보자 크게 놀라 잠시 머물러 그와 얘기를 나누었다.

"자넨 웬일인가?"

"저는 제 수명을 다하기도 전에 어쩌다가 방황의 어두운 숲 속을 헤매게 되었는데 4월 8일인 어제 베르길리우스 선생님을 만나 이곳을 안내받고 있습니다."

"단테, 만일 지상 세계에서 한 내 판단이 맞는다면 자넨 틀림없이 영광스러운 항구에 도달한 것이네. 피렌체 사람들은 사람을 못 알아보고, 탐욕스럽고, 시기심이 많으며, 오만하기 짝이 없네. 그러니 자네는 그런 사람들의 본을 받지 않도록 하게. 시간이 없어서 더는 얘기할 수 없고, 남의 말을 하는 것은 좋은 일이 아니네

《신곡》 삽화_단테에게 충고하는 브루네토, 귀스타프 도레, 1857년

만 이것 하나는 잘 알아두게. 이곳에 와 있는 사람들은 사제와 학자와 저명인사가 대부분인데 그들은 모두 자연의 이치를 거스른 죄를 지은 남색자들이라네. 법학자 프란체스코 다코르소, 그리고 피렌체의 주교 안드레아 데 모치 등이 이곳에 나와 함께 있네. 나는 자네에게 오직 나의 대표작 〈테소르〉만 읽기를 권하고 싶네."

　브루네토는 그 말을 남기고 떠나버렸다. 〈테소르〉는 부르네토가 프랑스 망명 중에 프랑스어로 쓴 백과사전적 저작으로 이 책이 나오기 전까지 프랑스 산문은 성서의 번역이나 역사 해석이 대부분이었다. 이 책은 프랑스 산문의 첫 교본이 된 책이다.

그 후 단테는 험준한 절벽을 지나 제8지옥 가까이 왔다. 그곳에서는 제7지옥으로부터 제8지옥으로 떨어지는 폭포 소리가 귀청이 떨어질 듯 울렸다.

단테가 멈추자 죄인들이 불평을 터뜨리면서 가까이 다가왔다. 그중 세 사람이 단테를 발견하고는 손을 맞잡고 다가왔다. 그들은 피렌체의 명문가의 딸 괄드라다의 아들들이었다.

그녀는 피렌체의 벨린치오네 베르티의 딸인데 아름답고 정숙하기로 소문이 나 있었다. 그녀는 피렌체의 과격한 겔프당 당수였던 구이도 구에라와 결혼해 네 아들을 두었다. 그들은 지금 머리칼이 하나도 없는 추악한 몰골을 하고 있었다. 너무도 비참한 모습이었다.

"당신은 이 암흑의 세계에서 어서 떠나 아름다운 별들을 볼 수 있는 지상으로 가세요. 가신 후에 이곳 얘기를 하실 때 아무쪼록 우리들 얘기를 잊지 마세요."

그녀들이 말을 끝내자 세 그림자는 날개가 돋친 듯 사라졌다. 단테는 그때까지 허리에 새끼를 두르고 있었는데, 베르길리우스의 말을 들어 그것을 풀어 둥글게 틀어서 스승에게 드렸다. 그러자 스승은 그것을 깊은 골짜기로 던져 버렸다. 단테는 필경 무슨 일이 일어날 것이라고 생각했다.

"이제 뭔가 나타날 것이니 조금 기다려 보게."

베르길리우스가 말했다. 이윽고 두 사람이 서 있는 골짜기에

〈단테와 베르길리우스를 태운 게리오네스〉 프란체스코 스카라무차, 년도미상

큰 소용돌이를 일으키며 게리오네스라는 굉장한 괴물이 나타났
다.

　얼굴은 사람인데 몸은 큰 뱀이었고 꼬리는 뾰족했다. 게리오네
스는 사람 얼굴을 하고 있어서 사람을 속이기 좋지만 날카로운
꼬리로 사람을 해치기에도 좋았다.

　신화에서 보면 괴물 게리오네스는 스페인의 왕자였으나 후에
암살당한다. 그는 의인의 모습을 하고 사람의 신뢰를 얻은 후에
화려한 몸으로 사람을 유혹하고 나중에는 뾰족한 꼬리로 사람을

찌른다. 베르길리우스가 단테에게 말했다.

"너는 저기 제3구역을 잘 돌아보고 오너라. 난 여기서 게리오네스와 얘기를 좀 하고 있을 테니. 날 오래 기다리게 하지는 말아라."

단테가 급히 가보니 그곳은 살아 있을 때 남에게 돈을 꾸어주고 비싼 이자를 받아먹던 고리대금업자들이 있었다. 그들은 뜨거운 모래 위의 불꽃에 고통을 당하고 있었다.

그 모습은 여름날 모기나 벼룩, 쐐기에 한꺼번에 물린 개가 미쳐서 날뛰고 있는 꼴이었다. 단테가 알고 있는 사람은 제각기 목에 돈지갑을 걸고 있었다.

어떤 지갑은 누런 바탕에 하늘빛 사자 모양이 새겨져 있었고, 붉은 바탕에 흰 새가 그려져 있는 것도 있었으며, 흰 바탕에 하늘빛 어미 돼지를 채색한 것 등, 여러 가지가 있었다.

그들은 모두 뜨거운 불에 그슬려 고통스러워하면서 돈지갑에만 정신을 빼앗기고 있었다. 단테는 그 모습을 한동안 바라보다가 베르길리우스의 말이 생각나 이내 돌아섰다. 이윽고 단테는 베르길리우스의 말대로 괴물 게리오네스의 어깨에 올라탔다.

"자아, 게리오네스! 출발이다. 오늘은 조용히 가다오."

그들은 마치 작은 배가 강기슭을 떠나듯이 조용히 제7지옥을 떠났다. 두 사람을 태운 게리오네스는 마치 뱀장어같이 몸을 움직여 골짜기 아래로 내려갔다.

10
사악한 주머니, 지옥 8층

　괴물 게리오네스가 도착한 곳은 제8지옥으로 말레볼제라는 이름이 붙었다. 단테가 지어낸 '사악한 주머니'라는 뜻이다. 바위가 깎아 세운 듯 높고 골짜기는 열 구역으로 나누어져 있었는데 구역마다 각각 죄가 달랐다.

　제1구역에서는 여자를 속인 죄인들이 마귀들의 채찍질을 당하고 있다. 제2구역에서는 아첨꾼들이 똥거름 속에 빠져있었다. 아무튼 이곳에는 간계를 부려 사람을 속인 죄인들이 있는 곳이 분명했다.

　단테는 험준한 절벽을 내려가서 돌다리가 걸려 있는 어두운 바위 위에서 뿔이 달린 마귀가 악인들을 채찍질해 쫓고 있는 것을 보았다.

　그중에서 문득 본 적이 있는 듯한 사람 앞에 두 사람이 멈춰 섰다. 그중에는 볼로냐의 정치가 베네디코 카치아니미코가 있었다. 그는 볼로냐의 겔프당 당수로 성격이 거칠었으며 자기 숙부를 죽였다. 단테가 소리를 질렀다.

"여보게, 자넨 베네디코가 아닌가?"

그러자 그는 무척 부끄러워하면서 단테에게 말했다.

"난 자네와 말하고 싶지 않네. 난 내 누이를 속여 후작의 손에 맡긴 죄로 이렇게 되었네. 여긴 나 말고도 볼로냐 사람이 많이 있다네."

그런 얘기를 하고 있을 때 뜻밖에도 마귀가 와서 베네디코를 향해 "이놈아, 네놈은 거기서 뭘 하고 있느냐? 여긴 돈벌이 될 만한 여자는 없어, 이놈아!" 하면서 채찍으로 가혹하게 후려쳤다.

단테는 곧 그곳에서 빠져나와 제1구역의 골짜기를 지나서 제2구역의 골짜기로 들어섰다. 그곳에는 더러운 똥오줌의 수렁이 있었고, 그 속에서 많은 사람이 우글거리고 있었다. 그곳은 살아 있을 때 아첨을 많이 한 죄인들이 모인 곳이었다.

그들은 입으로 죄를 지었기 때문에 여기서도 마음에 없는 아첨을 하려고 입을 벌리면 똥물이 목으로 넘어간다. 사람들이 못된 사람을 가리켜 '똥물에 튀길 놈'이라고 하는 것처럼 이곳 지옥은 실제로 그들을 똥물에 튀기고 있었다.

단테는 제2구역의 골짜기를 빠져나와 제3구역의 골짜기로 갔다. 그곳은 지금까지 보던 것과는 아주 달랐다. 그곳은 납빛의 큰 바위 옆에 수많은 원형의 구멍들이 뚫려 있는 것이었다.

그리고 각 구멍 속에서는 붉은 불길과 죄지은 자들의 발이 움직였다. 자세히 보니 그 구멍 속에서 죄인들이 머리를 땅에 처박고 불에 달구어지면서 고통에 못 이겨 발버둥을 치고 있었다.

베르길리우스가 단테에게 그 광경을 설명했다.

"여긴 전능하신 하느님을 섬기는 귀한 직책을 이용해서 돈 벌이를 한 사람들이 벌을 받는 곳이다. 세상에서 그리스도를 섬기는 사제, 주교, 교황 등 성직자로 자처하는 자들이 하느님의 이름을 팔아 신자들로부터 돈을 거두어 착한 일은 하지 않고 탕진한 자들을 엄중히 심판하는 곳이다. 저기 가장 잘 보이는 사람이 바로 교황 니콜라오 3세란다. 세상에서 아무리 천한 신분이라도 덕망이 높으면 성인이 되어 천당으로 올라가지만, 그와 반대로 제아무리 성직자라도 죄를 지으면 하느님의 엄중한 처벌을 받는 것이다."

니콜라오 3세는 1277년부터 1280년까지 교황으로 재위했으며 오르시니 가문 출신이었다. 그는 강력한 정치적 카리스마를 가진 인물로, 나폴리의 왕 양주의 샤를 1세가 권력을 이탈리아의 중부까지 뻗쳤을 때 교황권의 독립을 회복한 인물이었다.

또한 그는 유명한 아씨시의 성 프란치스코와 절친한 사이였으며 프란치스코 수도회 선교사 5명을 몽고에 파견한 일도 있었다.

사마리아의 마술사 시몬은 사도들이 안수 기도로 성령을 내리는 것을 보고 그들에게 돈을 주고 그 권능을 사려고 한 적이 있었다.

《신곡》 삽화_성직을 매매한 교황, 윌리엄 블레이크, 1824~27년

그런데 교황, 그는 돈을 받고 주교, 추기경 등 성직과 교구장 자리를 팔아먹는 성직매매죄. 즉 '시모니아'를 공공연하게 저지른 최초의 교황이 되었다. 그 전까지 니콜라오 3세는 고결한 인격자로 추앙받았던 인물이었지만 하느님은 그를 벌로 다스린 것이다.

단테는 그런 끔찍한 광경을 목격했다. 하느님의 이름으로 돈을 번 자의 처벌은 무시무시했다. 단테는 길게 한숨을 내쉬며 험한 돌다리를 건너 제4구역의 골짜기를 향해 걸어갔다. 단테는 그동안 괴롭고 한탄하고 분노하는 소리만 들어 왔지만 여기에 오니 이상하게도 그 누구 한 사람도 신음소리를 내지 않는 행렬을 만났다.

행렬 속에 걷는 사람들의 얼굴은 모두 찌그러지고 뒤틀려 있었다. 그들은 모두 눈물을 뚝뚝 흘리며 걷고 있었다. 단테는 자신도 모르게 불쌍한 생각이 들어 바위 모퉁이에 매달려 울음을 터뜨렸다. 그러자 베르길리우스가 그 모습을 보고 말했다.

"단테야, 울지 마라. 저들은 중풍으로 얼굴이 찌그러진 것이 아니다. 저 사람들은 살아있을 때 미래를 예언한다면서 많은 사람을 현혹시킨 점쟁이들이었다. 그래서 하느님의 벌을 받고 있는 것이니 저 자들을 동정하면 죄가 된단다. 고개를 들고 잘 보아라."

단테가 얼굴을 들고 자세히 보니 거기에는 유명한 점쟁이 티레시아스며, 아룬스도 있었다. 그들은 얼굴이 모두 일그러져서 생전의 모습은 전혀 알아볼 수 없게 되어버리고 말았다.

티레시아스는 테베의 유명한 점쟁이로 그는 숲에서 두 마리의 뱀이 하나로 어울려 있는 것을 지팡이로 때려서 떼어내면서 여자로 변신했다. 7년 후에는 똑같이 어울린 뱀을 때려 다시 남자로 변신했다고 한다. 또한 이탈리아 에투르스카 지방의 점쟁이 아룬스는 체사레와 볼테오 전쟁 때 체사레의 승리를 예언해 유명했다.

제5구역으로 들어서자 주변 일대는 타르 연기가 지독했다. 두 사람이 바위 다리 위에 서 있을 때 검은 박쥐 날개를 가진 귀신이 나타났다. 그 귀신은 발톱에 사람을 거꾸로 매단 채 연못을 내려다보며 소리쳤다.

"연못 속의 말레프랑케! 루카 시에서 괘씸한 관리 한 놈을 잡아왔으니 받아 주게. 이런 놈들은 루카 시에 아직도 많다네."

말레프랑케는 몹쓸 손톱이라는 뜻이었다.

그렇게 말한 다음 귀신은 뜨거운 타르 연못 속에 그를 떨어뜨렸다. 그 관리가 잠시 후에 떠오르자 주변에 있던 귀신들이 쇠스랑으로 꾹꾹 눌러 집어넣으며 말했다.

"이놈아! 여긴 루카 시의 성 마르티노 성당과 다르다는 걸 알아야지. 이젠 빌어 봐야 소용없어! 루카 시 근처 세르키오 강에서 헤엄칠 때와 맛이 다르냐? 쇠스랑으로 찔리는 게 싫거든 떠올라 오질 말거라."

이곳은 살아 있을 때 뇌물을 받아먹은 관리들이 벌 받는 곳이

《신곡》 삽화_단테와 베르길리우스를 위협하는 악마들, 귀스타프 도레, 1857년

었다. 그중에 영문도 모르는 귀신들이 베르길리우스를 향해 쇠스
랑을 돌리며 덤벼들었다. 그러자 베르길리우스는 귀신들의 두목
말라코다를 불러서 혼냈다.

"말라코다야! 네게 할 말이 있으니 그 쇠스랑을 치워라. 우린
여기 오는 동안 별 귀신을 다 만났지만 무사히 여기까지 온 것은
하느님의 뜻이 있었기 때문이다."

그러자 귀신들이 "그렇다면 할 수 없군." 하는 말이 들려왔다.
하지만 여전히 두 사람을 위협하는 귀신들이 있었다.

"쇠스랑 맛을 한번 볼래?"

그들이 쫓아왔다. 단테는 베르길리우스에게 외쳤다.

"선생님, 빨리 이곳을 떠나시죠. 그들이 서로 이상한 눈짓을 하고 있습니다. 선생님께서는 길을 잘 알고 계신지요?"

베르길리우스는 아무렇지도 않다는 듯이 말했다.

"걱정 말거라. 저것들이 아무리 그래도, 타르 연못 속의 죄인들이나 상대하는 자들이니까."

둑에서 연못 쪽을 바라보니 죄인들이 마치 연못의 개구리가 콧등만 수면 위로 내놓고 떠 있는 것처럼 보였다. 늪에서 고통을 받고 있는 죄인 중에는 단테가 알고 있는 정부 관리도 꽤 많이 있었다. 정부 관리들 가운데 뇌물을 안 받은 자는 거의 없었다.

말레프랑케는 그들을 못살게 굴었다. 그러던 중 마귀 두 놈이 자기들끼리 싸움을 보였다. 양쪽이 독 발톱으로 서로 할퀴다가 모두 연못 속으로 떨어지고 말았다.

11
무거운 망토와 불의 옷을 입다

단테와 베르길리우스는 한동안 숨소리도 내지 않고 걸었다. 마귀들끼리 싸우다가 연못으로 떨어진 틈을 타서 둘은 그곳에서 빠져나온 것이다.

단테는 마치 이솝이야기 속의 주인공이 된 느낌이었다. 이솝우화를 보면 개구리와 쥐가 길을 가다가 물가에 왔다.

그때 쥐를 제거할 마음을 가진 개구리가 쥐에게 물 속에서 헤엄쳐 갈 때는 서로 피곤하지 않도록 발을 묶자고 제안을 했다. 둘은 발을 묶고 물 속으로 들어갔다. 그러자 쥐는 곧 죽어서 몸이 물 위에 둥둥 떴다.

그것을 본 솔개가 쥐를 끌어올리자 발이 묶인 개구리까지 잡혀 먹게 되었다는 얘기다. 단테는 이솝우화를 떠올리며 그래도 혹시 박쥐 귀신들이 뒤쫓아 오지 않을까 두려웠다.

"우린 이미 제6구역에 들어섰으니 귀신들이 더는 쫓아 올 수 없을 것이다."

〈카야파스와 위선자들〉 얀 반 데어 스트라트, 1588년

두 사람은 서둘러 걸었다. 제6구역에서 단테는 멋진 금빛 망토
를 걸친 사람들을 만났다. 망토는 겉만 도금되었고, 안쪽은 납이
어서 무척 무거웠다.

그래서 그들의 걸음은 매우 느렸다. 두 사람은 그들을 앞질렀

다. 그들이 그처럼 무거운 망토를 입게 된 것은 세상에 사는 동안 겉으로만 말 치례를 했을 뿐 뒤로는 못된 짓만 했기 때문이었다.

황제 페데리코 2세는 반역자를 처벌하면서 옷을 벗기고 무서운 납 옷을 입혀서 큰 솥에 넣어 끓였던 역사적인 사실이 있었다.

그러나 그 옷도 지옥으로 떨어진 위선자들이 입은 옷에 비하면 밀짚처럼 가볍다고 한다. 단테는 다시 길바닥에 누운 채 세 개의 말뚝에 결박당한 남자를 보았다.

그는 백성을 위해 예수 한 명이 죽는 것이 낫다고 바리사이들에게 말했던 유대인의 제사장 카야파스였다. 그는 지금 그 죄로 길가는 사람들의 발길에 체이는 고통을 받고 있었다.

베르길리우스는 지친 단테를 격려하면서 말했다.

"기운을 내거라. 부드러운 침대 위에 앉거나 누워서는 성공할 수 없다. 성공하지 못하고 죽으면 연기나 물거품이 되어버리지."

단테는 더 좁고 험한 제7구역의 골짜기로 내려갔다. 돌다리를 건너자 주위가 조용해졌다. 다리 위에서 내려다보니 제8구역의 절벽이 보였다.

그 좁은 계곡에는 살아있을 때 남의 물건을 훔친 도둑들의 영혼이 끔찍한 뱀으로 변해서 여기저기 도사리고 있었다.

뱀들은 어두운 골짜기에서 눈빛을 반짝이며 무엇인가를 노리고 있었다. 뱀들은 서로 엉켜있어서 분간할 수 없었지만 그중에서 피렌체 사람이 다섯 명이나 보였다.

〈지옥〉(부분)_도둑들, 요제프 안톤 코흐, 1825-28년

　단테는 자신도 피렌체 사람인데 낯을 들고 걸을 수가 없었다.
제8구역의 골짜기로 내려가자 불꽃들이 마치 반딧불처럼 날고
있었다.

　단테는 그 모습을 보자 마치 옛날 불의 말이 끄는 불 수레가 바
람을 타고 하늘로 올라간 얘기가 떠올랐다. 그때 베르길리우스가
단테에게 말했다.

　"저 불 속에 영혼이 숨어 있다. 그곳에는 세상에 살 때 온갖 계

략을 써서 사람들을 속인 자들이 모여 있단다. 트로이 전쟁 당시의 장군 율리시즈도 있고, 디오메데스도 저 속에서 형벌을 받고 있단다."

"그럼, 불 속에 있는 저들과 말을 나눌 수 없습니까?"

"왜 할 수 없겠니? 하지만 내가 말을 건넬 테니 너는 아무 말을 하지 말거라. 저들은 그리스인들이므로 너는 말이 잘 통하지 않을 게다."

이윽고 반딧불 같은 불꽃이 가까워 오자 베르길리우스가 말문을 텄다.

"율리시즈와 디오메데스! 그대들이 살아있을 때 내가 속마음을 알아서 그것을 노래로 써두었다면 이런 일은 없었을 것인데 정말 유감이오. 율리시즈여, 당신은 20년 동안을 방황한 후에 어느 항해에서 조난을 당했소?"

그러자 흐늘거리는 불꽃 속에서 율리시즈의 목소리가 분명히 들려왔다.

"이탈리아 남부 가이에타…… 나중에 가에타라는 이름으로 바뀐 곳에서 1년을 지내고 부모와 처자에 대한 정에 끌려 괴로웠지요. 그래서 마침내 일행을 데리고 작은 배를 타고 지중해로 나와서 스페인의 모로코로 갔습니다. 지브롤터 해협의 체우타를 지나면서 나는 일행들에게 '우린 서쪽으로 왔으나 사람들이 살지 않는 남쪽으로 가서 남은 생애는 덕과 지식을 쌓으며 살 것이다.'라고 말했습니다. 그리고 큰 바다로 나온 지 다섯 달 만에 연옥의 정죄산에 도착했습니다. 우리는 기뻤으나 갑자기 큰 태풍이 불어 배가 세 번이나 맴돌았습니다. 그러나 배가 네 번째 돌 때 하느님의 뜻이었는지 뱃머리가 저절로 아래로 향해 마침내 우리는 바다와 작별하고 말았습니다."

율리시즈의 말이 끝나자 불꽃이 다시 조용해졌다. 단테는 그다음 로마냐 지방의 기벨린당 당수였던 구이도 다 몬테펠트로를 만났다. 그는 후에 프란체스코 수도회에 들어갔다. 단테가 그 불꽃을 만나서 여러 가지로 묻자, 그가 말했다.

"나는 70세가 넘어서 프란체스코 수도회에 들어갔지만 겉으로만 수도자였을 뿐이었습니다. 어느 날 콘스탄티노 황제가 나와 상의할 일이 있어서 찾아왔는데, 그때 그분은 술에 좀 취해있었습니다. 나는 그의 말을 잠자코 듣다가 지혜로운 말을 해준답시고 '남을 속이면 성공한다.'는 말을 해주고 말았습니다. 내가 죽자 검은 천사인 악마가 나타나서 '프란체스코 수도자들아, 너희들은 간교한 짓을 남에게 가르친 죄로 우리들과 한패가 됐다.'고 말했습니다. 그것이 내가 지금 당신이 보듯이 불의 옷을 입고 있는 이유입니다."

그는 얘기가 끝나자 끔찍한 불꽃 소리를 내면서 어디론가 사라졌다. 단테와 베르길리우스는 다시 돌다리를 건너 제9구역의 골짜기로 갔다.

온몸이 찢기고 잘린 영혼들

제9구역의 골짜기에 들어가 보니 그 처참한 상황을 말로 표현할 길이 없었다. 사람들은 온몸이 찢기고 잘린 채 내장들이 나와 있었다.

단테는 그들을 차마 볼 수 없어 외면하고 걸었다. 베르길리우스가 가리킨 쪽을 보니 유명한 마호메트가 있었다.

마호메트는 이슬람교의 창시자인데 570년경 아라비아의 메카에서 태어나 632년 메디나에서 세상을 떠났다. 그는 종교적 분열을 빚어낸 자였다. 그러자 바로 그때 누군가가 마호메트에 대해 설명을 시작했다.

"마호메트도 이 지경입니다. 지금 내 앞에서 울고 있는 사람은 마호메트의 사위인 알리 탈리브입니다. 그 외에 이곳에 있는 사람들은 모두 세상에서 분열의 씨를 퍼뜨린 자입니다. 저들은 여기까지 와서도 패를 가르고 싸워서 저처럼 몸이 성한 사람들이 하나도 없습니다. 보시면 잘 아시겠지만 저들은 앞을 다투어 돌고 있을 때 악마가 저런 꼴로 만들어 놓았습니다. 헌데 당신들은 누구십니까? 제2지옥 어구에 있는 재판관 미노스가 무서워 머뭇거리고 있는 것이 아닌가요?"

그러자 베르길리우스가 말했다.

"여보게, 우린 미노스의 형벌을 받으러 온 것이 아니라 지옥을 견학 중이라네."

그 말을 듣자 가까이 있던 사람들이 놀라서 단테를 쳐다보았다.

"머지않아 해를 볼 수 있는 사람에게 할 말이 있소. 세상에 나가거든 사도형제회 이단의 프라 돌치노에게 내 말을 전해 주시오. 만약 나같이 이런 지옥에 오기 싫으면 사고방식을 바꾸라고 해주시오."

단테가 그 말을 한 사람을 자세히 보니 마호메트였다. 그는 그 말을 마친 후에 어디론지 사라져버리고 없었다. 단테는 그들이 불쌍해서 눈물을 흘렸다. 그러자 베르길리우스가 말했다.

"넌 왜 우는 거냐? 저 몸이 잘린 영혼들이 불쌍하냐? 저들은 22마일이나 되는 이곳 골짜기에 널려있어서 한나절을 보아도 모자란다. 시간이 없으니 어서 가자."

베르길리우스가 발길을 서둘렀다. 단테는 베르길리우스의 뒤를 따라 제10구역의 골짜기로 갔다. 긴 돌다리를 왼쪽으로 돌아 어두운 골짜기 아래를 내려다보니 그곳에는 세상 살 때에 사기를 치던 사람들이 함정에 빠져 온갖 병의 고통을 받고 있었다.

〈지옥의 단테와 베르길리우스〉 윌리앙 아돌프 부그로, 1850년

어떤 사람은 배를 깔고 기어가고, 지쳐서 남의 어깨에 기댄 자도, 짐승처럼 네 발로 기는 자도 있었다. 그리고 온몸에 부스럼이 생겨서 손톱으로 딱지를 뜯어내고 있는 자도 있었다. 베르길리우스는 한 사람을 붙잡고 물었다.

"여기 이탈리아 중부 라찌오 지방 사람이 있소?"

"여긴 모두 라찌오 지방 사람들입니다. 당신은 누구요?"

"나는 산 사람에게 지옥을 견학시키고 있는 중이오."

그러자 병자들이 몸을 일으켜 단테를 바라보았다. 베르길리우스가 단테에게 물었다.

"궁금한 점이 있으면 저 사람들에게 물어보아라."

그러자 단테가 말했다.

"나는 머지않아 세상으로 다시 돌아갑니다. 여러분들 중에 누구든지 부끄러워하지 말고 나서서 말해주시오."

그때 한 사람이 입을 열었다.

"나는 연금술로 금화를 위조한 카포키오요."

그렇게 차례로 단테 앞에 나타난 사람들은 모두 위조범 같은 사기꾼들이었다. 단테는 그들 얘기를 다 들을 수 없었다.

두 사람은 종기병과 문둥병 환자들의 얘기를 들은 다음 마침내 지옥 중에서도 가장 깊은 지옥으로 갔다. 그곳에 도착하자마자 귀청이 찢어질 듯한 뿔피리 소리가 들려 왔다. 탑 위에서 들리는 소리였는데 탑은 마치 몬테레지오네 성처럼 느껴졌다.

"선생님, 탑 같아 보이는데 여긴 어디죠?"

"어두운 곳이어서 저 멀리 탑처럼 보이는 것은 탑이 아니다. 가까이 가면 알게 된다."

그들은 그곳을 향해 걸어갔다.

"도착하기 전에 미리 말해두겠다. 저건 탑이 아니라 키다리 거인들이다. 저 사람들은 너무 잘난 체를 해서 무슨 일이든 자기들이 아니면 안 되는 줄 알고 힘과 능력을 뽐내고 하느님에게조차 반역을 꾀한 자들이다. 그래서 저들은 배꼽 아랫부분을 지옥의 구렁텅이 속에 감추고 있단다."

단테가 그 말을 듣는 동안 가까운 곳에 이르렀다. 단테는 어두운 곳을 통해서 겨우 그 거인들을 볼 수가 있었다.

네덜란드의 북쪽에 살고 있는 키가 크기로 유명한 프리지아 사람 세 명의 키를 합쳐도 모자랄 만큼 큰 사나이가 외투를 걸친 채 온몸이 쇠사슬로 결박되어 있었다.

"라펠 마이 아메크 짜비 알미."

이처럼 사람들이 잘 알아듣지 못하는 말을 해서 사람들을 혼란에 빠뜨렸던 거인 니므롯이 외치는 소리도 들렸다.

베르길리우스가 니므롯에게 말했다.

"여보게, 일이 잘 안 되면 각피리를 부는 게 어때?"

거인 니므롯은 세상에서 처음으로 벽돌을 구워 유명한 바벨탑을 만든 것으로 알려져 있다. 그는 바벨탑을 통해 하느님의 능력에 도전했으며 세상을 혼란시킨 장본인이다. 단테와 베르길리우스가 왼쪽으로 돌자 니므롯보다 더 큰 키다리가 있었다. 그 키다리 역시 쇠사슬로 온몸이 결박되어 있었다. 베르길리우스가 말했다.

"여기 이 자는 세상 살 때 너무 뽐내고 자만했던 탓으로 거인족을 번개로 멸명시킨 제우스가 번개의 화살로 사로잡았단다. 이 자는 바다의 신 포세이돈의 아들 에피알테스라고 한다. 에피알테스는 산과 산을 겹쳐서 하늘까지 닿으려고 시도했지만 지금은 저렇게 결박당한 신세가 되었단다."

《신곡》 삽화_쇠사슬에 결박된 에피알테스와 거인들. 귀스타프 도레, 1890년

두 사람이 어두운 길을 왼쪽으로 꺾어들자 벼랑 옆에서 또 하나의 거인이 웅크리고 있었다. 그는 포세이돈 신과 대지의 여신 사이에서 출생한 아들로 강력한 거인이다.

그는 자신의 어머니인 대지에 닿고 있는 한 힘을 마음대로 발휘할 수가 있다. 단테는 베르길리우스의 말을 듣고 나서야 그 거인이 안테우스라는 것을 알았다.

그는 하느님을 반역한 자들에게 가담하지 않았기 때문에 지금은 쇠사슬에 묶여있지 않았다. 베르길리우스가 안테우스에 대한 말을 하고 있는 동안 에피알테스가 갑자기 발광을 하며 몸부림을 쳤다.

주위가 마치 지진처럼 흔들렸다. 단테는 무서웠다. 만일 에피알테스가 사슬에 묶여있지 않았다면 상황은 달랐을 것이다. 그 울림은 아주 컸지만 베르길리우스는 교묘하게 안테우스의 손바닥 위에 올라가 있었다.

"단테야, 어서 이 손 위로 오르거라."

단테는 부들부들 떨면서 간신히 그 손 위로 올라갔다. 그러자 안테우스는 몸을 웅크리며 두 사람을 깊은 골짜기 아래로 내려주었다.

단테는 마치 승강기를 타고 내릴 때처럼 가뿐히 유다와 루치페르가 있는 지옥의 마지막 계곡에 닿았다.

《신곡》 삽화_지옥의 골짜기에 단테와 베르길리우스를 내려놓는 안테우스, 윌리엄 블레이크

13

얼음의 연못, 코키투스 연못

안테우스의 발 아래쪽으로 두 사람은 더 내려갔다.

"조심해서 가시오. 그대들의 형제를 밟거나 차지 않도록."

어디선가 그런 말이 들렸다. 단테가 조심스럽게 내려갔을 때, 한 번도 얼음이 풀린 적이 없었다는 코키투스의 연못이 나타났다.

코키투스는 유리 같은 호수인데 크레타 섬의 거인들이 흘린 눈물이 지옥으로 흘러들어와 모든 냇물을 이루고 그 밑바닥은 얼음의 연못이 된 것이다. 여기서 얼음은 배신자의 냉혹한 정신을 뜻한다.

이곳은 특별한 죄인들만 모아놓고 가장 무거운 형벌을 내리는 곳이었다. 어느 연못도 여기처럼 추운 곳은 없다. 추위가 너무 혹독해서 이곳에 온 자들은 모두 양쪽 귀가 떨어져나갔고, 안색은 모두 납과 같았으며 이를 덜덜 떨고 있었다.

연못은 넷으로 나누어져 있는데 각 연못마다 세상에서 지은 죄

《신곡》 삽화_코키투스 연못을 지나는 단테와 베르길리우스, 귀스타프 도레, 1861년

에 따라 구별되어 있었다. 그중 바깥쪽 제1구역에는 부모, 형제 같은 가족이나 친척들을 욕보였거나 죽인 자들이 있는 곳인데, 인류 최초의 살인자 카인이 동생 아벨을 질투해 죽인 것이 첫 범죄로 제1구역은 그 때문에 '카이나'라는 명칭이 붙었다.

제2구역에는 트로이의 장군 안테노르가 있다. 호메로스의 서사시 일리아드에서 보면 그는 지략과 웅변이 뛰어났지만 적군에 협력해 불빛을 신호로 목마를 열게 한 매국노였다. 그곳에는 또 한 백작 우골리노가 있었다.

《신곡》 삽화_우골리노와 그의 두 아들과 두 손자, 윌리엄 블레이크, 1824-27년

　그는 피사의 귀족으로 겔프당원이었다. 해전에서 패배한 후에 피사의 장관으로 선출되었다가 겔프당이 분열되어 세력이 약해지자 기벨리니 당수였던 루지에리 대주교는 그의 죄를 규탄하면서 싸움이 벌어졌다.

　겔프당이 패배한 후 우골리노는 그의 두 아들, 두 손자와 함께 포로가 되어 탑 속에 유폐된 채 굶어 죽은 인물이었다.

　제3구역에는 유데아의 음흉한 장군 프톨로메오와 친구의 신의를 배반한 자들이 있었다. 프톨로메오란 본래 유데아 예리코의 수장의 이름이다.

그는 자신의 친아버지이자 대사제였던 시몬 마카베오와 두 형제를 성으로 초대해 술을 먹인 후 살해했다. 중간에 있는 제4구역 유데카에는 은혜를 베푼 사람을 팔아먹은 자, 전능하신 하느님을 배반한 유다와 지옥의 왕자 루치페르가 큰 박쥐가 되어 노려보고 있었다.

그곳에는 추위로 안색이 개처럼 변한 1천여 명의 무리들이 신음 소리를 내고 있었다. 단테는 그들 사이를 빠져나오면서 끝내 한 사람의 머리를 걷어차게 됐다.

그는 피렌체의 역적 보카였다. 보카는 이제 살았을 때의 행적을 부끄럽게 여기고 있었다. 바로 그때 베르길리우스가 단테를 향해 외쳤다.

"단테, 지옥의 왕자 루치페르가 나타났다."

단테의 눈앞에는 유리 같은 코키투스 연못에 누워 있는 자도 있었고, 머리가 발에 와 닿을 듯 활처럼 등이 굽은 자들도 있었다. 단테는 그들을 보자 자신이 살아있는지 죽었는지도 구별이 안 됐다.

먼 옛날 그처럼 아름다웠던 루치페르가 하느님을 배반한 후에는 흉측한 얼굴로 거인보다 큰 박쥐 형상으로 지옥의 왕자가 되어 뻐기고 있었다. 그는 죽음의 바다 한가운데서 크고 검은 날개를 흔들고 있었다.

    그때 추운 바람이 코키투스 연못을 꽁꽁 얼려버려서 한줄기 금도 보이지 않았다. 단테가 자세히 보니 루치페르의 몰골은 셋이었다. 하나는 붉은 빛이었고, 둘은 어깨 좌우로 각기 누렇고 검은 빛깔이었는데 세 개의 턱에는 피의 눈물이 침처럼 흘러 얼러붙었고, 마지막 빛의 주둥이는 각각 죄인들을 물어뜯고 있었다.

    붉은 몰골을 한 자는 스승이자 구세주 예수 그리스도를 팔아먹은 유다 이스카리옷이었고, 좌우에 있는 두 사람은 로마제국을 세운 영웅 카이사르를 죽인 부르투스와 카시오였다. 단테는 이 세상이 로마교황과 로마제국에 의해서 통치되어야 한다고 생각

〈루시퍼〉 작자미상, 1350년

하고 있었다.

　교황의 통치는 내세의 영적 통치를 의미하고, 로마제국은 현재 속세의 통치를 의미한다. 따라서 교황과 황제가 그 관할권 내에서 두 개의 절대 권력이 서로 이끌어주면서 신에게서 받은 사명과 책임을 다 해야 한다고 믿었다. 그렇게 해서 세상은 천상의 낙원과 지상의 낙원이 이루어질 수가 있다.

　그런데 신의 권력을 위임받은 교황권의 중심인 예수 그리스도를 배반한 유다는 신의 섭리를 거스른 죄를 저질렀으며, 지상의 최고 권력자인 카이사르를 해친 부르투스 또한 지옥의 가장 밑바닥에서 형벌을 받는 것이 마땅하다는 생각이다. 그때 베르길리우스가 단테에게 말했다.

"이제 4월 9일 저녁이다. 우린 지옥의 전부를 순례했으니 빨리 돌아가야 한다."

그는 단테를 바위 가장자리에 앉히고 붙잡도록 했다.

"선생님, 제가 더는 헤매지 않도록 안내해주십시오."

"우린 지금 지옥의 밑바닥을 지나 지구 한가운데를 통과해서 루치페르가 있던 유데카 반대쪽으로 나가고 있다."

단테는 베르길리우스의 뒤를 따라갔다. 그곳은 캄캄한 바다 밑이었다. 오랜 시간이 걸려 간신히 그곳을 빠져나와 마침내 구멍 하나를 통과하고 나니 멀리 아름다운 별이 보였다. 단테는 그제야 안도의 숨을 내쉬었다.

〈단테와 신곡〉 도메니코 디 미켈리노, 1465년

연옥편

Purgatorio

《신곡》 삽화_카토를 만난 단테와 베르길리우스, 귀스타프 도레, 1857년

1
연옥의 문지기 카토

지옥에서 연옥의 맑은 대기로 빠져나온 단테는 4월 8일 성 금요일에 스승 베르길리우스의 안내를 받아 지옥의 체험 여행을 끝낸 토요일 밤이 되어서야 겨우 긴 터널에서 벗어나 3일째 되는 일요일 아침에 새벽별이 빛나는 언덕에 도착했다.

사랑의 별을 지향하는 아름다운 샛별이 동쪽 하늘에 떠 있었다. 그곳에서 꽤 멀리 높은 산이 있었다. 그것은 연옥에 있는 산으로 죄를 정죄하는 곳이다.

단테가 서 있는 바로 옆은 넓은 바다였다. 마침 그날은 예수 그리스도가 부활한 날이었다. 단테 역시 무서운 암흑의 세계에서 벗어나 세상의 공기를 마시자 다시 살아난 기분이었다. 앞으로는 지옥의 끔찍한 악마들에게 쫓겨 다니지 않고, 보다 즐거운 여행을 하고 싶었다. 단테는 전망이 좋은 산을 향해 오르면서 새삼 지옥의 절벽이 생각났다. 산은 위험하진 않았으나 연옥의 문을 찾아내는 데는 여러 절벽을 기어올라야 했다.

연옥의 지도, 정죄산

그리고 연옥의 문을 지나서도 7개의 관문을 통과해야 했다. 더구나 회개의 산은 상당히 길이 험악하고 멀었다. 물론 지옥에서처럼 귀신이나 괴물이 나타나지는 않았다. 그렇다고 쉽게 오를 수 있는 산은 아니었다.

그 길은 알려준 대로 가지 않으면 추락할 수밖에 없다. 일곱 갈래의 길마다 이름이 달랐다. 하지만 옳은 길로 가려는 의지를 가진 사람이면 걱정할 필요가 없었다. 단테와 베르길리우스가 밝은 세상으로 나와 잠시 숨을 돌리면서 정죄하는 산을 바라보고 있었다.

그때 그들 앞에 자못 위험을 갖춘 점잖은 노인 한 분이 나타났다. 노인의 긴 수염에는 희끗거리는 백발이 섞여 있었고, 머리털도 반백이었다. 수염은 가슴까지 내려와 두 갈래로 드리워져 있었다. 노인이 수염을 만지작거리면서 입을 열었다.

"당신들은 뉘시오? 혹시 지옥에서 도망쳐 나온 사람들 아니오?"

그러자 베르길리우스가 나서서 말했다.

"제가 말씀드리죠. 우리들이 여기 온 것은 성모 마리아의 부탁을 받은 베아트리체가 하늘에서 내려와 저에게 단테를 안내하도록 했습니다. 단테는 아직 살아있는 사람입니다. 물론 몇 차례 죽음의 위기를 맞긴 했지만 제가 이 사람을 구하도록 명령을 받았습니다. 저는 지금까지 단테와 함께 지옥의 순례를 마치고 돌아왔습니다만, 앞으로는 자신의 죄를 회개하고 몸을 정결히 하고 있는 연옥 사람들의 모습을 보고 싶습니다. 저희들은 지옥에서 도망 온 것이 아니니 걱정 마십시오. 당신은 자유를 위해 자살한 분이시니 당신 못지않게 자유를 갈망하고 있는 단테의 마음을 잘 아실 것입니다. 단테는 하느님의 뜻을 거스르지 않았으며 지옥의 미노스의 재판을 받지도 않았습니다."

수염을 기른 그 노인은 세상에 살 때 자유를 추구하다가 자살한 로마의 철학자 카토였다. 그는 기원전 95년부터 46년까지 살았던 스토아파 철학의 대가로 자유를 부르짖으며 카이사르에 대항해 싸우다 패배하자 자살했다.

그는 플라톤의 영혼 불멸설을 믿었던 자유의 수호자로서 이곳 연옥에서는 정죄산(죄를 씻는 산)의 문지기가 됐다.

카토는 살았을 때 자살했기 때문에 제7지옥에 떨어져야 했지만 많은 사람이 그를 깊이 존경하고 있었고, 베르길리우스 역시 〈아에네이스〉 시에서 그를 찬미했으며, 단테 역시 카토에 대한 존경심이 높았다. 카토가 입을 열었다.

"당신들이 베아트리체의 특사라는 말이오? 그렇다면 산에 오르기 전에 갈대를 허리에 둘러매고 가시오. 그리고 산에 오르기 전에 몸을 깨끗이 닦고 가시오. 당신들의 몸에서는 아직도 불결한 지옥의 냄새가 배어있기 때문이오. 당신들이 천사 앞에 나가려면 정결한 몸을 갖추어야 합니다. 저기 물가에 갈대가 있소. 일단 그곳에 가면 이곳으로 되돌아오지 않도록 하시오. 마침 해가 떠올라 당신들이 헤매지 않도록 길을 밝혀줄 것이오."

카토는 말을 마치자 어디론가 사라졌다. 베르길리우스는 단테를 불러 해변으로 내려갔다. 주위는 너무 조용했다. 그들은 카토의 말대로 갈대를 꺾었다.

놀랍게도 그들이 갈대를 꺾은 자리에는 다시 싹이 돋아났다. 갈대는 죄를 씻는 데 가장 중요한 덕인 겸손을 상징하는 식물이다. 잠시 후에 아침 해가 수평선을 벗어나자 새하얀 물체 하나가 나타났다.

돛배와는 비교도 안 될 정도로 속력이 빨랐다. 분명 돛배는 아니고 날개가 달려있었다. 베르길리우스는 단테에게 조용히 말했다.

"단테야, 기도를 드리는 게 좋겠다. 저렇게 돛이 없이 날개로 달리는 것을 보면 천사가 아니겠니?"

그들이 경건히 기다리고 있을 때 천사가 해안 가까이 다가왔다. 두 사람은 눈이 부셔서 앞을 볼 수가 없어 눈을 감은 채 머리를 숙이고 열심히 기도를 드렸다.

이윽고 천사와 함께 온 백여 명의 영혼이 시편 114장을 함께 외우고 있었다. 시편 114장의 노래는 이스라엘 민족이 이집트의 노예 생활에서 벗어나 해방된 것처럼 죽은 자들의 영혼이 연옥의 산에 올라가 점차 천국의 길목이 가까워질 때마다 부르는 노래다.

《신곡》 삽화_연옥의 기슭에 도착한 천사와 영혼들, 귀스타프 도레, 1868년

노래가 끝나자 천사는 성호를 긋고, 그들과 헤어져 빠르게 멀리 사라졌다. 언덕에 남아있는 백여 명은 방금 연옥에 도착한 영혼들이었다. 그들은 이상한 눈으로 주위를 두리번거리다가 두 사람을 보자 물었다.

"여보세요, 정죄산을 알려주시겠소?"

"우리도 조금 전에 여기 도착했습니다."

그때 무리 중의 한 사람이 단테가 숨을 몰아쉬고 있는 모습을 보고 놀라 외쳤다.

"아니! 저 사람은 아직도 숨을 쉬고 있네. 살아있는 사람이오?"

그들은 순식간에 단테 주위로 몰려들었다. 살아있는 사람이 연옥에 왔다면 자기들에게 무슨 도움이 될 것이라고 여긴 것 같았다. 그들 중에 한 사람이 다른 사람을 밀치고 단테 앞으로 다가왔다.

"아니, 자넨 단테가 아닌가?"

그가 너무 반가워서 단테를 껴안으려고 했지만 세 번씩이나 그의 팔이 허공을 휘저었을 뿐 단테를 껴안을 수가 없었다. 죽은 영혼이 산 사람을 껴안을 수는 없다.

그는 세상 살 때에 단테와 아주 친했던 피렌체의 유명한 음악가 카셀라인데 단테의 시를 여러 편 작곡했으나 오래 전에 죽었다.

"세상에 살 때 내가 자네를 그토록 좋아하지 않았는가? 하지만 지금도 그 마음은 변함이 없네. 난 다시 세상으로 되돌아갈 수 없는 처지가 되었네만 자넨 웬일로 여기 있는가?"

"자네, 카셀라가 아닌가? 난 늘 천국에 가는 영혼들 사이에 끼고 싶었네만 지금은 이곳을 미리 여행할 수 있는 기회를 얻었네. 그런데 카셀라, 자넨 아주 오래 전에 세상을 떠났는데 여긴 참으로 늦게 왔군. 난 이미 지옥을 순례한 후에 이곳에 왔네. 그래서 무척 피곤한 상태일세. 만일 연옥의 규칙에 어긋나지 않는다면 자네가 세상에서 날 위해 작곡한 노래 하나를 불러줄 수 있겠나?"

그러자 카셀라는 너무 기뻐서 단테를 위해 노래를 부르기 시작했다.

"내 마음 속의 사랑이 나에게 이야기를 들려주네……."

베르길리우스도 노래를 들으며 기뻐했다. 그러자 아까 흰 수염의 카토가 세 사람 앞에 나타나서 말했다.

"자네들은 왜 이렇게 게으름을 피우며 꾸물거리는가? 어서 산에 올라 땀흘려 몸을 깨끗하게 해야지?"

카토의 큰소리에 세 사람은 당황해서 걷기 시작했다.

2

정죄산에서 서성거리는 영혼들

두 사람은 빠른 걸음으로 산을 향해 걸었다. 단테는 베르길리우스의 뒤를 바짝 쫓아갔다. 붉게 솟아오른 해 때문에 단테의 그림자가 더욱 짙어졌다.

단테는 걷다가 그림자가 하나 밖에 없는 것을 보고 베르길리우스를 놓친 줄 알고 깜짝 놀랐다. 그러자 그가 말했다.

"내가 네 곁에 바짝 붙어있으니까 걱정 말아라. 난 죽은 몸이어서 육체의 그림자는 없지만 영혼의 그림자는 네 곁에서 길 안내를 하고 있지 않느냐? 내 그림자가 있던 지상의 시간은 석양이었다."

베르길리우스는 그 말을 한 후에 깊은 한숨을 내쉬었다. 자신은 살아있을 때 영세도 받지 않았으며, 지금은 지옥 림보에 있는 몸이라는 생각이 들자 괴로웠던 것이다. 연옥의 오전 6시는 그 정반대에 위치한 예루살렘의 오후 6시가 된다.

베르길리우스는 기원전 19년 9월 26일 그리스에서 돌아오는 길에 브린디시오에서 병으로 죽었다. 아우구스투스 황제는 그의 유언에 따라 유해를 나폴리로 옮겨 성대한 장례식을 치러 주었다.

베르길리우스는 그때 고개를 숙이고 자신은 아리스토텔레스와 플라톤과 함께 지옥 림보에 머물러 있다는 생각을 하고 잠시 통곡을 한 것이다. 그로 인해 두 사람은 숙연해져서 입을 다문 채 산 기슭에 도착했다.

그곳은 연옥의 거룩한 산 바로 아래였다. 산은 그리 험하지 않았지만 높은 바위가 많아서 오를 수 없었다. 그때 그들 왼쪽으로 양 떼처럼 다가오는 무리가 있었다. 그들은 살아있을 때 파문을 당한 자들이다. 베르길리우스가 그들에게 물었다.

"산에 오르는 길을 좀 가르쳐 주시겠소?"

그들은 단테에게 가까이 왔다가 단테의 그림자가 바위에 비치는 것을 보고 깜짝 놀랐다. 연옥에 온 사람이 그림자를 갖고 있다니! 그러자 베르길리우스가 그들에게 미리 말했다.

"이분은 살아있는 사람이오. 하느님의 초대로 연옥을 순례 중입니다."

연옥의 영혼들은 그제서야 안심한 듯 길을 일러주었다. 바로 그때 무리 중에서 누군가가 단테에게 말을 걸었다.

"당신은 전에 나를 본 적이 있지요?"

단테가 돌아보니 금발의 남자였다. 그는 가슴에 성호를 그으며 자기 가슴에 난 상처를 보여주면서 웃었다.

《신곡》 삽화_바위벽 위에서 서성이는 연옥의 영혼들, 귀스타프 도레, 1868년

"나는 황제 엔리코 6세와 황후 코스탄짜의 손자 만프레디입니다. 나는 방탕한 생활을 했다는 이유로 교황으로부터 파문을 당한 후 전쟁터에서 죽었는데, 교황 클레멘스 4세가 내 시체를 파내어 베르데 강에 내던졌지요. 그 후 내 시체를 앙주 공작이 발견해서 베네벤토의 다리 밑에 겨우 묻히게 되었습니다. 하지만 나는 죽기 직전에, 하느님께 죄를 뉘우치고 용서를 받아 지옥 벌을 면하고, 연옥에 가는 무리들 속에 끼어들었습니다. 교황으로부터 파문을 당한 사람은 죽는 순간 용서를 받아도 세상에서 살던 햇수보다 30배의 고행을 해야 한다고 들었습니다만 저는 운이 좋았던 거지요. 그러니 당신이 세상으로 돌아가면 제 딸을 만나서 내가 지금 지옥이 아니라 연옥에 있다는 것을 알려주고, 나를 위해 기도를 하도록 부탁해주십시오. 그래야만 내가 연옥의 생활을 단축하고 천국으로 갈 수 있다고 말입니다."

단테는 만프레디의 말을 듣고 연옥의 고통이 어떤 것인가를 깨달을 수 있었다.

단테는 9시 반쯤이 되어서야 겨우 바위 위로 올라섰다. 거기서부터는 손발로 기어 올라가야 하는 험악한 산이었다.

단테는 그곳을 기어오르면서 베르길리우스에게 이런 험한 산을 꼭 올라가야 하느냐고 불평을 터뜨렸다. 그러자 스승은 반드시 그래야만 한다고 단호하게 말을 잘랐다. 정상은 까마득해서 보이지도 않았다.

《신곡》 삽화_험한 바위를 오르는 단테와 베르길리우스. 귀스타프 도레. 1868년

정죄산은 험악했지만 일단 회개를 하고 올라가면 정상까지는 그리 힘들지 않다. 높은 절벽을 타고 겨우 올라간 단테는 베르길리우스에게 매달리듯 말했다.

"스승님께서 여기서 잠시 쉬지 않으면 도저히 못 따라갈 것 같습니다."

"이 산은 처음에는 어렵지만 일단 오르면 점차 쉬워진다. 고생 끝에 낙이 온다는 말이 여기에 해당되는 말이다."

바로 그때 어디선가 외치는 소리가 들렸다.

"그렇게 애써 올라가봤자 헛일이오."

그들이 돌아다보니 죽기 전에 회개하지 않았던 게으른 자들의 무리가 모여서 바위 그늘에서 쉬고 있었다. 단테가 그들을 보고 혼잣말처럼 말했다.

"하느님, 저들을 보십시오. 저들은 산토끼보다 더 게으른 자들입니다."

그들 중에 하나가 소리쳤다.

"그렇게 기운이 좋으면 어서 빨리 오르시오."

단테가 어디서 많이 듣던 목소리였다. 그는 바로 벨라쿠아였다. 그는 피렌체에서 악기를 만들던 게으름뱅이였다.

"벨라쿠아, 자네였군. 자넨 지금 게으름을 피우고 있는가 안내자를 기다리고 있는가?"

그러자 벨라쿠아가 말했다.

"천사가 나를 연옥의 산에 오르지 못하게 하고 있네. 난 죽기 전에 내 게으른 버릇을 고치지 못해서 이렇게 연옥의 문밖에서 기다리고 있는 걸세. 세상에 살아있는 사람 중에서 누가 나를 위해 기도해주지 않은 한, 천사가 나를 데리러 오지 않는다네."

단테는 그의 태연한 하소연에 놀랐다. 그러자 바로 옆에서 '주여, 우리를 불쌍히 여기소서.' 하고 기도를 하면서 앞을 가로질러 가는 사람들이 있었다.

그들은 대부분 시인이었는데 몸은 산을 타고 오르지만 영혼은 산기슭에 맴돌고 있었다. 그들 중 두 사람이 단테 쪽으로 달려와서 물었다.

"도대체 당신은 누군데 살아있는 몸으로 이곳에 왔습니까?"

베르길리우스가 나서서 말했다.

"궁금해서 알려고 왔다면 살아있는 이분에게 예의를 갖추고 어서 자네들이 본 사실을 얘기하게나."

그 순간 기도하던 사람들이 떼를 지어 단테 앞으로 몰려들었다.

"살아있는 분이여! 잠시 우리말을 들어주시오. 우리 중에 당신이 누군지 아는 사람도 많습니다. 세상에 돌아가시면 사람들에게 우리를 여기서 만났다는 말을 전해주시오. 우리는 너무 갑자기 죽는 바람에 너무 급하게 회개를 한 사람들이오."

"세상 사람들에게 무슨 말을 전하라는 것이오?"

단테가 묻자 한 사람이 급히 나섰다.

"나는 파노 사람으로 에스테 가문의 미움을 받아 늪에서 암살당했습니다. 그래서 지금 여기 와서 고통을 당하고 있습니다. 아무쪼록 세상에 나가시면 제가 연옥의 정죄산에 올라갈 수 있도록 파노 사람들에게 기도를 부탁드린다는 말을 꼭 전해주시오."

그는 파노의 겔프당(교황당파)의 실력자 야코포 델 카세로였다. 볼로냐에서 장관이 되었을 때 에스테 가문의 원한을 사서 암살된 것이다. 그의 말이 끝나자 또 한 사람이 뛰어 나왔다.

"나는 몬테펠트로의 부오콘테입니다. 나는 캄팔디노 전쟁터에서 목이 잘려 쓰러졌습니다. 나는 죽는 순간 성모 마리아의 도움을 청했습니다. 그때 하늘에서 천사가 내려와 내 영혼을 거두려고 했습니다만 그와 동시에 찾아온 악마가 말하기를 '네가 죽을 때 흘린 단 한 방울 회개의 눈물로 지옥 벌은 면하겠지만 영원한 구원을 받을 수는 없다.'고 말하며 내 시체를 아르노 강에 던져버렸습니다. 단테여, 당신도 피렌체의 기병으로서 그 전쟁에서 싸우지 않았소? 아무쪼록 세상에 돌아가면 나를 위해 기도해주도록 사람들에게 부탁드립니다."

단테는 그 말을 듣고 마음이 아팠으나 그곳 사람들은 이처럼 갑자기 죽음을 당해 충분히 회개를 못했기 때문에 지옥 벌은 면했으나 연옥에 온 영혼들이었다.

단테는 너무 많은 사람으로부터 기도 부탁을 받고 이해를 할

《신곡》 삽화_부오콘테의 영혼을 데리러 온 천사, 귀스타프 도레, 1857년

수가 없었다. 도대체 살아있는 사람들의 기도로 죽은 연옥 영혼들의 고통이 단축된다는 것을 이해할 수 없었다. 그래서 베르길리우스에게 물었다.

"스승님, 스승님의 시 〈아에네이스〉를 보면 '인간이 기도를 통해서 하느님이 정하신 일을 바꾸려고 하는 것은 어리석은 일이다.'라는 구절이 있습니다. 그런데 저 사람들은 왜 제게 그런 부탁을 하는 것입니까?"

"나의 시 〈아에네이스〉에서는 살아있는 사람들이 아무리 열심히 기도를 해도 하느님의 율법을 바꿀 수는 없지만, 단지 하느님께 죄의 용서를 간청할 뿐이라고 썼다. 나의 시에는 아에네아스가 지옥에 내려가 바다에 빠져죽은 팔리누루스를 만나는 장면이 나오지. 스틱스 강에 빠진 파리누루스가 아에네아스의 길 안내자 시빌라에게 자기를 강에서 구해주기를 청했지만 시빌라가 거절하면서 '하느님이 정하신 것을 기도로써 바꿀 수 없으니 바라지 말라.'고 말한 대목이 그것이다. 하느님이 지옥에 보낸 영혼은 우리가 기도로 구원할 수가 없다는 뜻이다. 하지만 지옥과 연옥이 다른 것은 사실이다. 연옥의 영혼들이 살아있는 자들의 기도를 그토록 간절히 원하는 것은 그 이유 때문이 아니겠니? 나도 그 내용은 확실히 알 수 없으니 천국을 순례할 때 베아트리체를 만나면 물어보아라."

베르길리우스의 말에 단테는 고개를 끄덕였다.

3
왕과 귀족들의 영혼계곡

그들은 다시 길을 걷기 시작했다. 얼마쯤 걸어가니 저쪽 앞에서 사자처럼 몸을 웅크린 채 그들을 노려보는 사람이 있었다. 베르길리우스가 그에게 길을 물었으나 그는 대답하지 않고 도리어 그들에게 물었다.

"너희들은 어디서 왔느냐?"

베르길리우스가 만토바에서 왔다고 말하자 그는 몸을 벌떡 일으키면서 말했다.

"나도 만토바 사람입니다. 반갑습니다. 제 이름은 소르델로입니다."

소르델로는 만토바 근처 고이토에서 출생해 각지에서 방랑생활을 하다가 앙주의 샤를 왕을 섬기면서 이탈리아 침공 전쟁에 참가한 시인이다. 베르길리우스는 부드러운 말씨로 대답했다.

"만토바에서 왔다구요? 아무튼 반갑습니다. 나는 예수가 태어나기 19년 전에 그리스에서 돌아온 후 병을 얻어 죽었습니다. 나폴리에서 아우구스투스 황제가 제 장례식을 치러주었지요."

"그럼 이름이 뭐요?"

"저는 시를 쓰던 베르길리우스입니다."

그러자 소르델로가 깜짝 놀랐다.

"베르길리우스! 선생이야말로 라틴 민족이 가장 큰 명예로 여기는 분이 아니십니까? 선생님의 힘으로 라틴어가 완성되었지요. 선생님을 이런 곳에서 만나다니 정말 반갑습니다. 그런데 선생님은 지옥에서 오시는 길인가요?"

"나는 지옥의 순례를 마치고 이곳에 도착했습니다. 나는 하느님의 초청을 받아 여기 왔지만 살아있을 때 내가 무슨 잘못을 저질렀는지는 아직 잘 모르고 있습니다. 내가 지상의 삶을 끝낸 시기는 예수가 탄생하기 이전이어서 예수가 탄생한 후에 인간의 삶에서 무엇이 중요한 일이 되었는지 저는 알 수가 없습니다. 그래서 나는 최후의 심판 날이 올 때까지 지옥의 림보에 머물러 있는 것입니다. 이곳은 초행길이니 연옥의 정죄산으로 가는 길을 알려줄 수 있겠습니까?"

"아, 그렇군요. 그럼 제가 여기서 안내할 수 있는 곳까지는 모시겠습니다. 하지만 지금은 해가 서쪽으로 기울어 있습니다. 해가 저물면 어두워서 갈 수가 없으니 근처 어디서 쉴 곳을 찾으십시오. 저쪽으로 좀 떨어진 곳으로 가시면 몇 사람을 만날 수 있을 것입니다. 아마 선생님도 그들을 만나면 기뻐할 것입니다."

"이곳은 어두워지면 보행이 어렵습니까?"

"밤이 되면 정죄산은 걸어갈 수가 없습니다."

그들은 갈 수 있는 데까지만 가기로 하고 걷기 시작했다. 그들은 소르델로의 뒤를 바짝 따라갔다. 잠시 후에 세 사람은 골짜기에 도착했다.

골짜기 아래로 가는 길은 미끄럽고 좁고 험했지만 경치는 장관이었다. 큰 나무며 아름다운 꽃이 여기저기 피어서 향내를 풍기고 있었다.

그곳에는 죽기 전에 자기 죄를 뉘우치지 않은 사람들이 풀 위에 앉아서 성모 마리아에게 바치는 라틴어 성가를 부르고 있었다.

이곳은 다른 곳과 달리 세상 살 때의 지위에 따라 자리가 나뉘어져 있었다. 골짜기의 위쪽에 있는 사람들은 살아있을 때 왕이었던 자들로 그곳을 군왕의 계곡이라고 불렀다. 그중에 가장 높은 곳에 앉아있는 사람이 루돌프 황제였다.

그는 황제 시절에 황제로서의 직분을 충실히 수행하지 않았기 때문에 이곳에 와 있었다. 황제 루돌프는 이곳에 온 후로는 하느님 일 이외에는 아무것도 생각하지 않고 기도하는 사람이 되었다.

그곳에는 성가가 울려 퍼지고 있었는데 성가의 제목은 '빛이 꺼지기 전에'였다. 단테는 그들의 노래가 끝날 때까지 지켜보았다.

그들은 모두 하늘을 우러르며 성가를 부르고 있었는데 그들 모습은 매우 경건했으며, 자기들의 합창 소리가 하느님께 이르기를 진심으로 갈망하고 있었다.

그러자 잠시 후에 아름다운 천사 둘이 불타는 칼을 들고 나타났다. 그들이 천사를 맞이했다. 천사 한 사람이 단테가 서 있는 곳으로 날아왔고, 또 한 천사는 골짜기 아래층에 머물렀다.

단테는 천사의 머리칼이 눈부신 금발이라는 것을 알았다. 그때 소르델로가 말했다.

"두 천사는 성모 마리아가 보냈습니다. 저들은 이 골짜기에 가끔씩 나타나는 악마의 뱀을 처치하기 위해 온 것입니다."

그들은 소르델로의 안내를 받아 왕과 귀족들이 모여 살고 있는 곳으로 갔다. 그중에 한 사람이 단테를 향해 물었다.

"당신은 누굽니까? 여긴 언제 왔지요?"

"저는 지옥의 순례를 마치고 오늘 아침에 이곳에 도착했습니다. 나는 아직 세상에 살아있는 몸이지만 사후에 영혼이 머무는 곳을 보기 위해 온 것입니다."

그러자 그가 깜짝 놀라 말했다.

"쿠라도 군, 이리로 와 보게. 여기 하느님의 초청을 받아 이곳을 순례하는 사람이 와 있다네."

쿠라도는 피렌체의 겔프당 당원으로 활력하다가 6년 전에 죽었다. 그러자 많은 사람이 단테를 에워싸고 설전을 벌였다. 그들

《신곡》 삽화_악마의 뱀을 처치하러 온 천사, 귀스타프 도레, 1857년

은 살아있을 때의 옳고 그름에 대해서 화를 내고 분노를 터뜨리기도 했다. 그러자 소르델로가 갑자기 험한 말투로 바뀌었다.

"자, 여보게, 잘 보게. 여기 우리의 적이 와 있네."

그의 말이 끝나자 갑자기 골짜기의 풀 속에서 수많은 뱀이 눈빛을 번쩍거리며 넘실넘실 단테를 향해 달려들기 시작했다.

위기의 순간이 닥치자 어디선가 천사의 날개 소리가 마치 바람을 갈라놓는 소리처럼 들려왔다. 그러자 뱀들이 소스라치게 놀라서 눈 깜짝 할 사이에 풀 속으로 자취를 감추어버렸다.

4
연옥의 문이 열리다

단테는 해가 진 후에 하루의 피로를 풀기 위해 풀을 베개 삼아 계곡에 누워 잠을 청했다. 그날 밤 새벽에 단테는 이상한 꿈을 꾸었다.

황금빛 날개의 독수리 한 마리가 중천에 나타나 당장 덮치기라도 할 듯 내려오려고 도사리는 것이 보였다.

그때 단테는 마치 가니메데스가 신들의 모임 때문에 납치되어 친구들을 남겨 놓고 천상으로 올라간 바로 그 산 위에 서 있는 듯한 기분이었다.

미소년 가니메데스가 니다 산 위에서 사냥을 하고 있을 때 제우스가 독수리를 시켜 그를 채어오게 해 천상의 신들에게 술을 따르게 했었다.

단테는 생각했다. 저 독수리가 이곳에 나타난 것은 습관 때문이리라. 독수리는 딴 데서는 먹이를 낚아채 솟구쳐 오르지 않을 것이다. 잠시 독수리는 하늘을 빙빙 돌더니 벼락같이 무서운 기

〈단테와 독수리〉 프란체스코 스카라무차, 년도미상

세로 달려들어 단테를 움켜잡고 불의 하늘 가까이 날아올랐다.

　순간 단테는 독수리와 함께 불길에 타 죽는 줄 알았다. 잠에서
깬 것은 바로 그때였다. 단테가 눈을 떴을 때는 전에 본 적이 없는
깊은 산속이었다.

　그곳에는 베르길리우스 외에는 아무도 보이지 않았다. '분명
골짜기에서 풀 베개를 베고 잠들었는데 왜 이런 곳에 누워있을
까?' 단테는 기이한 생각이 들었다.

　단테가 잠든 사이에 해가 높이 떠서 이미 부활절 나흘째인 4월
11일 월요일 8시가 지났다. 베르길리우스는 단테가 깨어나 어리

둥절해 하는 것을 보고 말했다.

"놀라지 마라. 우린 지금 정죄산 중턱에 와 있다. 이제 곧 연옥의 문 앞에 도착할 것이다. 저쪽 바위가 갈라진 곳이 바로 정죄산 입구란다. 좀더 설명해주겠다. 네가 잠들어 있을 때 동틀 무렵쯤 성녀 루치아가 이곳에 왔다. 다음에 오를 절벽은 너무 높아서 살아있는 사람은 오르기 힘들 것이라며 너를 도와주려는 것이었다. 그래서 소르델로와 작별하고 해가 뜨는 것을 기다려 너를 여기까지 데려다 주었다. 난 네 뒤를 부지런히 따라왔다. 루치아 성녀는 우리를 정죄산 입구에 내려주고 곧 떠났다."

"아, 그랬었군요."

단테는 그 말을 듣고 무척 기뻤다. 이어 단테는 베르길리우스와 함께 험악한 산을 향해 올라갔다. 얼마쯤 가자 연옥의 문 입구가 나타났다.

문 앞에는 세 개의 바위가 겹쳐 있었고, 수문장이 칼을 들고 서 있었다. 단테는 수문장이 너무 무서워 쳐다볼 수가 없었다. 그러자 그가 그들을 보고 외쳤다.

"너희들은 어떤 놈들이냐?"

베르길리우스가 대답했다.

"성녀 루치아가 우리를 데려다 주었습니다."

그러자 그 말을 들은 수문장은 갑자기 목소리를 누그러뜨리며 말했다.

"성녀 루치아가 이곳 좁은 문을 알려주었다면 어서 돌 위로 올라오시오."

마침내 두 사람은 3단으로 된 첫 번째 돌층계 위로 올라섰다. 돌계단은 번쩍번쩍 빛나는 거울 같은 흰 대리석이었다.

단테는 대리석 거울에 비친 자신의 모습을 보고 깜짝 놀랐다. 그 거울에는 자신의 겸손한 마음과 죄를 뉘우치는 마음과 양심까지 샅샅이 비쳤다.

두 번째 계단은 짙은 자색의 거친 돌들이 가로세로 놓여있었는데 갈라진 틈들이 나타났다. 그 틈은 자신의 영혼이 아픈 죄로 깨어져 금이 가 있는데 그것은 고백을 뜻하고 있었다.

그리고 세 번째 계단은 피처럼 붉은 바위로 만들어져 있었다. 그것은 사랑으로 인해 흘린 피를 뜻하며 만족할 만한 보상을 다 치러야 한다는 뜻이었다.

금강석 돌 위에는 천사가 앉아서 사람들에게 진리를 전해주고 있었다. 베르길리우스가 단테에게 정중히 무릎을 꿇고 천사에게 연옥의 자물쇠를 열어달라는 부탁을 올리라고 말했다.

단테는 주먹으로 세 번 자기 가슴을 치면서 '제 말과 생각과 행동으로 죄를 짓지 않겠습니다.'라고 말하면서 연옥의 자물쇠를 열어줄 것을 청했다.

그러자 천사가 번쩍거리는 칼로 단테의 이마에 일곱 개의 별을 그리면서 말했다. 일곱 개의 별이란 일곱 가지 중대한 죄를

〈연옥〉(부분)_연옥의 열쇠를 쥐고 있는 천사. 요제프 안톤 코흐, 1825–28년

뜻한다.

"그대는 연옥의 정죄산에 오르면서 일곱 가지의 상처를 하나씩 씻으면서 오르시오."

일곱 가지의 상처는 인간이 저지르는 일곱 가지의 죄를 뜻한다. 그것은 교만, 인색, 색욕, 분노, 탐욕, 질투, 나태 등의 죄_Peccata의 첫 자를 따서 일곱 개의 P자를 이마에 표시한 것이다.

이윽고 천사는 흰옷 속에서 열쇠 두 개를 꺼냈다.

"이 금 열쇠는 예수의 피로 보속된 것이어서 문을 열수가 있는 것입니다. 또 은 열쇠는 그대에게 참회의 정신을 판단하게 하는 힘이 있는 것입니다. 이 두 개의 열쇠는 힘이 함께 모이지 않으면 열 수 없습니다. 이 열쇠는 내가 성 베드로에게서 인계받은 것입니다."

천사가 두 열쇠를 돌리자 닫혀있던 연옥의 문이 '덜컥' 하고 열렸다.

"자 들어가십시오. 하지만 뒤를 돌아다보면 다시 밖으로 나가게 되니 앞만 보십시오."

단테와 베르길리우스는 안으로 들어갔다. 그들의 등 뒤로 연옥 문이 닫히는 소리가 들렸다. 그 소리는 천둥과 번개처럼 들려서 단테는 깜짝 놀랐다.

그렇다고 뒤를 돌아볼 수도 없었다. 단테가 걸어가고 있는 동안 어디선가 '주님을 찬미합니다.'라는 성가가 오르간 반주와 함께 들렸다.

5
교만한 자들을 위한 연옥

단테와 베르길리우스가 얼마쯤 걸어가자 더는 올라갈 수 없는 절벽의 언저리에 그리스의 대조각가 폴리클레토스의 하얀 대리석 조각 작품이 눈에 띄었다. 그곳에는 그 작품뿐만 아니라 당대의 대가들의 작품도 있었다.

그중에는 예수의 탄생을 미리 알리러 온 천사 가브리엘 상과 성모 마리아의 상도 있었고, 유데아의 왕 다윗이 하느님의 성스러운 계약의 상자를 실은 마차 앞에서 기뻐하고 있는 조각품도 있었다.

또 그 맞은편에는 다윗 왕을 비웃고 있는 왕비 미칼의 모멸에 찬 모습이 새겨져 있었다. 그곳에 성모 마리아 조각품과 천사 가브리엘의 조각품이 있는 것은 연옥에 있는 교만의 언덕길을 지나는 사람들이 회개하도록 하기 위해서였다.

유데아의 왕 다윗은 하느님 앞에서 겸손의 미덕을 발휘한 사람이었지만 왕비 미칼은 겸손하지 못하고 교만했기 때문에 하느님께서는 그 표상을 보이기 위해 함께 세워놓았던 것이다.

그 조각품들은 마치 실물을 대하는 것처럼 정교하고 섬세했다. 그리고 조각품마다 겸손의 모범적인 표상이 될 만한 이야기들을 눈에 띄게 만들어 놓았다.

단테가 가까이 다가가 읽어보니 그중에는 로마 황제의 영광스러운 업적들이 한편의 그림 두루마리로 만들어져 이런 내용이 적혀 있었다.

"로마 황제 트라야누스가 전쟁터에 나가려고 할 때 한 가난한 과부가 달려와서 '폐하, 전쟁터에서 죽은 제 아들의 원수를 갚아주소서.' 하고 말했다. 그러자 황제는 '내가 돌아올 때까지 기다려주시오.' 하고 대수롭지 않게 말했다. 그러나 그 과부는 너무 간곡하게 매달리며 말했으므로 황제는 그 바쁜 속에서도 과부의 소원을 진심으로 귀담아 듣게 됐다.

바로 트라야누스 황제는 그때의 그 진실한 마음 때문에 죽은 후에 교황 그레고리오의 기도로 천국에 들게 되었던 것이다.

단테는 그곳에서 꼽추처럼 등이 휘어진 사람들이 지나가는 것을 보았다. 그들은 살아있을 때 힘자랑을 하며 날뛰던 사람이었다.

연옥에서 등이 휘어진 사람들은 모두 살아있을 때 자신의 재능과 힘으로 남을 얕본 자다. 단테는 그들을 보면서 자신의 교만에 대한 깊은 반성을 하게 됐다.

연옥〉(부분)_무거운 돌을 나르며 속죄하는 오데리시, 요제프 안톤 코흐, 1825-28년

이곳에는 생전에 유명한 예술가, 정치가, 혹은 무사들로 자신의
두뇌와 명예나 권력을 이용해 다른 사람을 괴롭힌 자가 대부분이
었다.

단테는 거기서 움브리아 지방 구비오 출신으로 삽화와 세밀화
의 대가 오데리시를 만났다. 그는 볼로냐와 로마에서 활동한 화
가로 단테의 친구이기도 했다. 단테는 그에게 말했다.

"자넨 구비오에서도 손꼽히던 예술가가 아닌가?"

그러자 오데리시가 고개를 가로 저으며 말했다.

"그런 말 하지 말게. 화가라면 볼로냐 출신의 프랑코를 따를 자가 없네. 난 살아있을 때는 최고의 화가가 되려고 노력하긴 했네. 그리고 세상에서 나보다 뛰어난 화가는 없다고 자부하긴 했었지. 하지만 그 자만심의 죄로 나는 지금 연옥의 고행을 받고 있는 것이라네. 인간의 명성이나 인기는 한낱 부질없는 것이라네. 한때는 치마부에가 인기가 있었고, 또 한때는 지오토가 인기 있었던 시대가 있지 않았던가? 또 시인으로는 구이도 카발칸티를 알아주었지만 그 후로는 구이도 구이니첼리가 시의 명성을 빼앗지 않았던가? 나뭇가지가 푸르른 시절은 잠깐일 뿐이고 뜬세상의 명성이란 한 가닥의 바람결과도 같아서 바람이 바뀌면 이름도 바뀌지 않던가? 한때의 인기로 교만하고 우쭐하면 이렇게 연옥에 와서 고행을 해야 하거늘."

그 말을 듣던 단테는 사람이 살면서 늘 겸손하고 따뜻해야 한다는 것을 새삼 깨달았다. 베르길리우스가 가리키는 곳을 보니 첫째 두렁길 아래에는 돌에 글을 새긴 많은 묘비명이 있었다.

그리고 다른 한쪽 바위에는 하느님 앞에서 교만의 죄를 지었기 때문에 하늘에서 번개처럼 지옥으로 떨어지는 루치페르의 모습이 조각되어 있었다. 거기에는 바벨탑을 만든 교만한 니므롯이 있었고, 이스라엘의 첫 왕이 되었으나 교만 때문에 왕위에서 쫓

《신곡》 삽화_아라크네, 귀스타프 도레, 1868년

겨난 사울이 팔레스티나의 긴보아에서 자살해 죽은 그때의 모습
그대로 그려져 있었다.

　그 땅에서는 그 후로 비도 이슬도 내리지 않았다. 오, 미친 여인
아라크네여! 너는 네가 짠 재난의 직물 위에 가엾게도 벌써 반이

나 거미로 변해 있구나!

너는 그 직물을 너무나 자랑했으므로 마침내 미네르바 여신의 노여움을 받아 거미로 변해서 그림들이 숱한 조각으로 되어있구나! 바로 그때 베르길리우스의 말이 들렸다.

"단테야, 천사가 오셨다. 벌써 정오가 다 되었으니 천사를 이쪽으로 맞이해야지."

단테는 재빨리 무릎을 꿇고 천사를 정중히 맞이했다. 그때 흰 옷을 입은 샛별같이 찬란한 천사가 날개를 움직이면서 다가왔다.

"이쪽 돌계단으로 오십시오. 이젠 올라가기가 쉬워질 것입니다."

천사들은 두 사람을 바위틈으로 안내했다. 그리고 단테의 이마를 날개로 털고 P자를 떨어뜨렸다. 순간 단테의 몸이 가벼워졌다. 어디선가 천사의 목소리가 단테의 귀에 들렸다.

"마음이 가난한 자는 복이 있나니, 천국이 그들의 것이오."

6
질투와 시기심으로 장님이 된 영혼들

두 사람은 천사의 안내를 받아 바위틈을 지나 언덕까지 올라갔다. 그곳에는 아까처럼 바위 조각물이 없고, 보이는 것이라고는 납빛 돌로 된 평탄한 길뿐이었다.

이윽고 어디선가 영혼의 목소리가 들렸다. 먼저 "그들에게 포도주가 없도다."라는 말이 들렸고, 그 목소리가 사라지기도 전에 "내가 오레스테스다."라고 외치는 소리가 들렸다.

트로이 전쟁 때 그리스의 명장 아가멤논의 아들 오레스테스가 적에게 잡혀 사형을 당하게 되었을 때, 친구 필라데스가 오레스테스를 구하고 자기가 대신 죽기 위해 "내가 오레스테스다."라고 외쳤다. 이것은 하느님께서 원수를 사랑하라는 뜻으로 전해준 말이었다.

그들에게 포도주가 없다는 말은 예수가 갈릴리아의 카나 마을의 혼인 잔치에 초대받았을 때 성모 마리아가 그 집에 손님을 위한 포도주가 떨어진 것을 딱하게 여겨서 한 말이었다. 그때 예수

〈질투와 시기심으로 장님이 된 영혼을 만나는 단테〉 이폴리트 플랑드랭, 1835년

는 물로 포도주를 만든 기적을 보여주었다. 단테가 그 목소리를
들으며 얼마쯤 갔을 때 장님이 나타나 길을 가로막았다. 단테가

그에게 누구냐고 묻자 그가 대답했다.

"나는 훌륭한 지혜라는 뜻의 사피아_Sapia라는 이름을 가진 사람입니다. 나는 살아있을 때에 남의 잘못이나 불행을 보고 기뻐했기 때문에 여기서 이런 고행을 하고 있습니다."

이곳은 남의 행복을 시기한 죄인들의 영혼이 모여 사는 곳이었다. 이곳 사람들이 눈이 먼 것은 남을 시기하지 못하도록 눈가죽을 완전히 꿰매어졌기 때문이었다. 그들은 그 죄에서 벗어나기 위해 하느님께 기도를 드리고 있었다. 단테는 장님 사피아에게 말했다.

"나도 이곳에 오게 되면 당신처럼 눈이 멀겠지만 질투의 눈으로 남을 보지 않았기 때문에 그 형벌이 그리 오래 가지는 않을 것입니다. 지금 나는 살아있는 몸입니다. 돌아가면 당신을 위해 무엇인가 해주고 싶습니다. 무엇이든지 청하시지요."

"하느님께서는 당신을 특별히 사랑하고 계시는 것 같습니다. 만약 당신이 토스카나에 가시면 내 친척들에게 내가 지옥에 있지 않고 연옥에 있다는 사실을 알려주세요. 사람들은 내가 지옥에 갔다고 믿고 있습니다. 그것은 나로서는 불명예입니다. 제 명예를 회복시켜주시기 바랍니다."

단테는 이곳에 너무나 많은 장님이 있다는 것을 알았다. 사람들이 살아있을 때 남을 시기하고 질투하는 일이 너무 많다는 증거였다.

그들로부터 일일이 얘기를 듣자면 한이 없었다. 단테는 말을 끊고 앞으로 나갔다. 얼마 후에 갑자기 하늘에서 뇌성벽력이 치면서 "나를 만나는 자들은 나를 죽이리라."라는 말이 들렸다.

아주 옛날 창세기에 카인은 하느님이 자기보다 동생 아벨을 더 사랑한다는 생각을 하게 되어 시기심이 불타올라 아벨을 죽였다.

그 후 카인은 하느님이 두려워 하느님이 안 계신 곳이라고 생각되는 곳만 골라 숨어 살았는데, 그때마다 천둥 번개가 그의 귀에서 사라지지 않았다. 그처럼 시기와 질투의 죄는 카인처럼 형벌을 받게 된다.

단테가 시기심에 사로잡혀 있던 영혼들을 만나고 있는 동안 해는 어느덧 서쪽으로 기울어 저녁이 되었다. 그때 문득 두 명의 천사가 나타나 그들을 돌계단으로 안내했다.

그곳에서는 '자비심이 많은 자는 복 되도다. 그대는 이긴 자이니 기뻐할지어다.'라는 노래 소리가 들렸다. 단테는 마음이 가벼워졌다. 그는 이마에 P자가 또 하나 떨어져 나갔다는 것을 깨달았다.

7
단테, 성전의 환상을 보다

해가 서쪽으로 기울면서 단테는 점차 피로가 쌓였다. 그는 흐린 눈으로 신전을 내려다보았다. 신전에는 많은 학자가 있었는데 유독 한 소년이 눈에 띄었다.

그때 소년의 어머니가 소년에게 우리에게 왜 이런 일을 하였느냐고 하는 말이 단테의 귀에 들렸다. 그와 함께 신전이 환상 속에서 사라졌다.

알고 보니 이곳은 세상에서 살 동안 화를 잘 내던 사람이 모여 있는 곳이었다. 단테가 본 것은 예수 그리스도가 열두 살 때 예루살렘 성전에서 학자들과 얘기를 나누는 광경이었다.

소년은 예수 그리스도의 모습이었고, 소년에게 말하던 사람은 성모 마리아였다. 성모 마리아는 아들이 늦게 왔지만 화를 내지 않고 부드러운 말로 타이르는 모범을 성전에 모여 있는 영혼들에게 보였다는 것을 단테는 알 수 있었다.

그때 단테 앞에 또 다른 여인이 나타나 파시스트라토스에게 간청했다. 파시스트라토스는 기원전 6세기 아테네의 전제 군주였다.

한 젊은 남자가 그녀의 딸을 사랑한 나머지 사람들 앞에서 딸에게 키스를 퍼부었기 때문에 그녀가 크게 노했다. 그러자 파시스트라토스가 그녀를 부드럽게 훈계했던 사건이 있었다.

이윽고 단테 앞에 또 다른 환상이 나타났다. 한 남자가 돌을 든 군중에 둘러싸여 있는 모습이었다. 하지만 그 남자는 단지 하늘을 우러러 기도할 뿐이었다.

"하느님, 저들을 벌하지 마시옵소서."

단테의 환상 속에 나타난 사람은 최초의 순교자 스테파노였다. 그는 전교 도중 반대파들에 의해 돌 뭇매를 맞아 죽으면서도 원수를 원망하지 않고 오히려 그 사람들의 죄에 대해 하느님께 용서를 비는 기도를 했던 것이다. 그의 행위는 이곳 연옥 영혼들의 본보기가 되었다.

그때 베르길리우스가 단테의 모습을 보고 말했다.

"자넨 웬일로 취한 사람처럼 비틀거리면서 걷고 있는가?"

단테가 베르길리우스에게 환상을 본 얘기를 해주었다. 그러나 베르길리우스는 단테가 말하기도 전에 그가 본 환상을 다 알고 있었다.

그들이 걷는 동안 어느덧 주위가 어두워졌고, 앞쪽에는 선악의 구별도 어려울 만큼 짙은 연기가 자욱하게 깔려있었다.

〈순교하는 성 스테파노〉 샤를 테브냉, 1829년

　단테는 앞을 볼 수가 없어서 간신히 베르길리우스에게 의시하면서 걸었다. 어두운 주위에서는 누군가의 기도소리가 계속 들려오고 있었다.

　"세상의 죄를 없애는 하느님의 어린 양이여, 저희를 불쌍히 여기소서. 세상의 죄를 없애시는 하느님의 어린 양이여, 저희들에게 평화를 주소서."

그들은 모두 세상에서 살 때 걸핏하면 화를 잘 내던 사람들인데 속죄의 기도를 통해서 연옥의 고행을 끝마치려고 하는 영혼들이었다.

그때 누군가 단테에게 물었다.

"우리들을 에워싸고 있는 연기를 헤치고 있는 것을 보면 당신은 분명 살아있는 사람인 것 같은데 여기서 무엇을 하고 있습니까?"

"우리들의 무슨 얘기를 엿들은 것 같은데 더 따라오더라도 당신들은 우리들이 무슨 얘기를 하는지 알 수가 없을 것입니다."

"그렇다면 알아들을 수 있을 때까지 따라가겠습니다."

"나는 죽으면 없어질 육체를 지닌 채 살아있는 사람입니다. 지옥을 거쳐 이곳에 왔습니다. 당신이 누군지 말해보시지요."

"나는 롬바르디아에서 살던 마르코입니다. 당신들은 지금 길을 제대로 가고 있습니다. 그곳에 가시면 나를 위해 기도를 해주세요."

마르코는 단테의 친구였다. 베네치아의 귀족인 그는 기지가 뛰어나고 학문이 깊었으며, 자애심이 많고 고귀한 마음을 지녔으나 평소에 작은 일에도 화를 잘 냈다. 그래서 그가 연옥에 머물러 있는 것이었다. 단테는 그가 친구인 것을 비로소 알게 됐다.

"알겠네, 친구. 자네의 소원은 꼭 들어줄 것이네. 한 가지 의문이 있네. 지금 사람들이 살고 있는 세상에는 덕망이 없어지고 악만 무성하네. 도대체 그 이유가 하늘에 있는가 아니면 땅에 있는가? 그것을 알고 싶네."

"자네가 살고 있는 세상은 지금 눈 먼 장님들의 세상이나 마찬가지라네. 자네가 거기서 왔으니 그걸 묻는 것은 당연한 일이지. 세상 사람들은 좋은 일이나 나쁜 일이나 모두 하늘만 탓하고 있네. 인간의 자유 의지는 없어진 것일세. 하지만 선악의 판단은 인간의 자유 의지로 잘 할 수 있는 것이기에 세상이 악해진 것은 인간이 나빠서 그리 된 것이라네. 그래서 인간들이 자신을 잘 다스려야 되는 것은 물론 교회도 정신을 차려야 하네."

단테는 마르코의 얘기를 듣고 수긍이 갔다. 그는 마르코와 더 얘기를 하고 싶었지만 천사가 제4의 언덕에 나타나자 서둘러 떠나버렸다.

잠시 후 단테는 십자가에 매달린 사람의 환상을 보았다. 그는 페르시아의 장관 하만이었다.

하만은 페르시아의 왕 아하수에루스와 왕비 에스텔과 에스텔의 양부 유대인 모르데카이 등에게 둘러싸여 죽어가고 있었다.

하만은 당시의 모든 백성이 그에게 무릎을 꿇었으나 유대인 모르데카이가 무릎을 꿇지 않고 불손하게 굴자 처단하려고 했다.

그러자 왕비 에스텔에게 그의 음모가 발각되어 모르데카이를

죽이려던 바로 그 십자가에 자기가 매달리게 된 것이다. 단테가
그 환상을 본 후에 갑자기 눈앞에 밝은 빛이 나타났다. 앞에는 돌
계단이 보였다.

두 사람은 돌계단 위로 올라갔다. 그때 단테의 귀에 날갯짓 소
리가 났다. 마음이 가벼워지는 것을 느꼈다. 그와 함께 이마에서
P자 하나가 줄어들면서 음송이 들렸다.

"평화를 사랑하는 자는 복이 있나니. 분노를 품지 않는 자는 복
이 있나니."

8
게으른 자들을 위한 연옥

단테는 돌계단에 올라가 마침내 제4의 언덕에 도착했다. 그는 마음을 가다듬고 어둠 속에서 무슨 소리가 들리는지 귀를 기울였다. 그때 베르길리우스가 말했다.

"이곳은 세상 살 때에 마땅히 해야 할 일을 하지 않고 게으름을 피웠던 자들이 머무는 곳이다. 사람들은 모든 일을 자유 의지대로 선택해서 하는 것 같지만 사실은 애욕을 기준으로 움직이는 경향이 있다. 그런데 그 애욕이 잘못된 선택의 방향으로 갈 수가 있지. 애욕이 나쁜 쪽으로 방향을 잡으면 그것은 하느님의 뜻을 배반하게 되지만, 좋은 쪽으로 방향을 잡았을 때는 게으름으로 멈춰버리는데, 바로 그게 죄란다. 또 사랑의 반대인 증오의 감정은 자기 본위가 강해서 죄가 된다. 첫째 자기가 남보다 훌륭하게 되고 싶다는 교만한 죄, 둘째 남들이 잘 되는 것을 시기하는 죄, 셋째 남에게 피해를 보면 바로 보복심을 갖는 죄를 말한다. 위의 세 가지 죄는 우리가 세 번의 언덕길을 거쳐 오는 동안 모두 관찰했던 것이다. 여기 네 번째 언덕은 남에게 사랑을 베풀지 않고 게으른 자들에 대해 참회하도록 하는 곳이다. 세상에 사는 사람 중에는 겉으로는 행복해 보이지만 실제로는 불행한 사람이 아주 많다. 따라서 지나치게 탐욕을 부린 자들은 이곳 탐욕의 언덕과 음란의 언덕길에서 회개를 해야 한다."

단테는 베르길리우스의 말을 듣고 고개를 끄덕거리며 물었다.

"그렇다면 모든 선악의 근본이 되는 사랑에 대해서 말씀해주십시오."

"사람 중에는 사랑을 너무 쾌락 쪽으로만 보는 경우가 많다. 그런 사람들은 사랑의 진정한 뜻을 몰라서 그러는 것이다. 사랑에 대해서는 아주 현명하고 지혜롭게 대처해야 한다. 사람에게 사랑과 욕망이 존재하는 것은 마치 꿀벌이 꿀을 만들 줄 아는 본능을 가진 것처럼 원초적으로 갖고 있는 아주 자연스러운 본능이다. 따라서 우리가 사랑에 대해 새삼스럽게 무엇은 옳고 무엇이 그릇된 가를 말해야 할 이유가 없다. 이미 사람들이 잘 터득하고 있기 때문이다."

베르길리우스가 말하는 동안 어느덧 달이 높이 떠서 별들이 빛을 잃고 있었다. 단테는 졸음이 밀려와서 다리가 휘청거렸다. 그때 갑자기 게으른 영혼들이 그들에게 와락 달려들면서 외쳤다. 그중에서 한 사람은 누가복음 1장 39절을 인용했다.

"성모 마리아는 급히 산간벽지의 마을 유대로 달려갔다."

《신곡》 삽화_나태한 영혼들을 만난 단테와 베르길리우스, 귀스타프 도레, 1857년

또 어떤 사람은 이렇게 외쳤다.

"카이사르는 일레르다를 함락시키려고 마르세이유 성을 포위한 채 급히 스페인으로 달려갔다."

또 그 뒤를 따라가는 자가 이렇게 외쳤다.

"사랑이 없는 탓에 시간을 낭비하지 말라. 서둘러 착한 일을 행하여라."

게으른 자들이 밤중에 그런 말을 외치면서 서둘러 뛰어가고 있었다. 베르길리우스는 그들을 보고 만족한 웃음을 띠었다.

"착한 일을 보고도 행하지 않는 자들이여! 그대들은 바로 그 점 때문에 이곳 연옥에서 고행을 하고 있는 것이오. 나는 지금 살아 있는 단테와 이곳에서 제5의 언덕을 향해 가고 있는 중이오. 여러분 중에서 길을 아는 자가 있으면 가르쳐 주시오."

그러자 한 사람이 입을 열었다.

"우리 뒤를 따르면 됩니다. 우린 한시도 머무르거나 쉴 수가 없어서 모두 뛰고 있는 것입니다. 이것은 우리들의 의무이니 무례하다고 여기지 마시고 당신들도 뛰어오세요."

그들이 그렇게 말했지만 단테는 너무 피곤하고 졸음이 밀려와서 그들 뒤를 따라갈 수가 없었다. 단테는 잠결에 이상한 냄새를 맡고 깨어났다. 베르길리우스가 말했다.

"난 널 세 번이나 깨웠지만 꼼짝도 하지 않았다. 어서 일어나라. 우린 제5의 언덕으로 가는 길을 찾았다."

단테가 눈을 떴을 때는 날이 밝았다. 단테는 베르길리우스에게 미안해서 허리를 굽혔다. 그러자 한 여자가 천사의 날개를 펴고 내려와서 두 사람을 불렀다.

9
탐욕스런 자들을 위한 연옥

단테가 꿈에서 아직 벗어나지 못하고 있을 때 베르길리우스가 입을 열었다.

"너는 지금 시레네의 이상한 냄새에서 벗어나지 못하고 있어. 그 냄새는 무서운 여자가 풍기고 있는 것이다. 그로 인해 얼마나 많은 남자가 유혹의 고통 속에서 헤매었는지 잊어서는 안 된다. 지금부터 이 산에서 나는 모든 냄새는 저 여자의 탐욕과 음란을 통해서 풍기는 유혹이라는 것을 명심해라. 그러니 너는 오직 천국의 베아트리체를 향해 마음을 열어놓고 있어야 한다."

단테는 그 말을 듣고 나서야 잠에서 깼다. 제5의 언덕에는 많은 사람이 땅에 머리를 대고 울고 있었다. 단테는 그들이 울면서 하는 하소연에 귀를 기울였더니 '내 영혼은 더럽혀졌도다.' 하고 울부짖고 있었다. 단테가 그들에게 말했다.

"나는 아직 살아있는 사람입니다만 당신들은 왜 땅에 머리를 박고 울고 있는 것입니까? 당신들은 누구입니까? 내가 세상으로 돌아가서 당신에게 해줄 수 있는 것이 무엇인지 말해주시지요."

그러자 한 사람이 나섰다.

"나는 베드로의 후계자인 교황 하드리아노 5세입니다. 살아있을 때 나는 하느님의 뜻을 떠나 탐욕에 빠졌습니다. 그래서 지금은 그 사실을 후회하고 하느님의 용서를 받을 때까지 통회를 계속하고 있는 것입니다. 여기서는 탐욕의 죄에 대해 가장 혹독한 벌을 내립니다."

단테는 그가 교황 하드리아노 5세라는 것을 알고 정중히 예의를 갖추었다. 그러자 그는 단테에게 말했다.

"여기서는 나도 당신과 똑같이 하느님의 종의 하나입니다. 구태여 예의를 갖출 필요는 없습니다. 이곳은 지상과 달리 사람 사이에 차별이 없는 곳입니다."

교황 하드리아노 5세는 단테에게 마태복음 22장 35절에 나오는 '부활할 때는 하늘에 있는 천사처럼 장가도 안 가고 시집도 안 가네'라는 이유를 밝혀주려고 했다. 성서의 그 말씀은 영혼의 세계는 지상의 세계와 달리 이미 차별이 없다는 예수 그리스도의 말씀을 전하려는 뜻이 있었다.

단테와 베르길리우스는 그들을 지나치면서 탐욕에 빠졌던 사람들이 속죄하기 위해서 생전에 깊은 은혜를 베푼 사람들의 얘기를 꺼내는 것을 들었다. 그들은 그 얘기를 통해서 본보기를 얻으려는 것이었다. 가장 먼저 귀에 들어온 것은 성모 마리아의 얘기

〈성 니콜라오 이야기〉 프라 안젤리코, 1437년

였다.

　"누가복음 2장 7절에는 성모 마리아가 예수를 낳아 기저귀에 싸서 구유에 뉘었으니 이는 거처할 곳이 없어서였습니다. 그것을 보면 우리들의 탐욕이 얼마나 큰지 회개해야 합니다."

　그 다음으로는 로마의 정치가 파브리키우스의 얘기가 들렸다.

　"로마의 집정관 가이우스 파브리키우스는 몹시 가난했으나 성품이 고결하고 청렴결백해서 삼니티인들과 화해를 하면서도 뇌물을 거절했다. 그는 집정관이면서도 너무나 가난한 가운데 죽어서 시에서 공금으로 장례식을 치렀고, 딸들의 지참금조차도 시에서 부담했습니다. 우리는 그를 본받아야 합니다."

그 다음으로는 니콜라오 신부의 얘기가 들렸다.

"4세기 경에 어린이와 항해자들, 여행자들의 수호자인 성 니콜라오 주교는, 지참금이 없어서 딸 셋을 시집보내지 못하고, 할 수 없이 딸들이 팔려가게 된 한 사람을 불쌍히 여겨, 그 집 창 너머로 돈을 던져서 딸들을 구했습니다. 우리는 가난한 이웃을 도운 니콜라오 성인(훗날 산타클로스 할아버지)의 이야기를 간직하고 살아야 합니다."

단테는 그들이 살아있을 때 탐욕스러웠던 죄를 뉘우치고 있는 것을 보고 감탄해서 소리를 질렀다.

"지금 그 말씀을 하시는 당신은 누구입니까? 내가 지상으로 돌아가면 당신의 죄책감이 보상을 받도록 해드리겠습니다."

"나는 987년 루이 5세의 뒤를 이어 프랑스의 왕이 된 위고 샤페입니다. 우리들이 이곳에서 아직도 저 위로 올라가지 못하고 있는 것은 이유가 있습니다. 사람들이 낮에는 우리를 위해 기도를 하지만 밤이 되면 천국을 잊고, 모두들 미다스와 아칸과 사피라와 크라수스의 얘기만 하고 있는 사람들이 많기 때문입니다."

미다스란 탐욕이 많았던 프리기아의 미다스 왕을 말한다. 미다스는 자기 손으로 만지는 것은 모두 황금으로 변하게 해달라고 바쿠스 신에게 빌어 자신의 소원을 이루었지만, 그 때문에 자기

황금으로 변하는 미다스의 딸, 월터 크레인, 1893년

가 먹으려던 음식도 황금으로 변하고 사랑하는 딸마저 황금으로
변해버리게 했던 인물이다.

또 유대인 아칸은 예리코의 저주받은 전쟁 노획품들을 훔쳐서
감추었지만 여호수아에게 들켜 돌로 뭇매를 맞아 죽었다. 아칸의

탐욕이 죄를 받은 이야기다.

또한 사피라와 그의 남편 아나니아스는 밭을 판 돈의 일부를 숨긴 채 남은 돈을 사도 베드로에게 내놓았지만 감춘 돈이 발각되어 저주받아 죽었다.

또한 크라수스는 카이사르와 폼페이우스와 함께 세 집정관 중의 하나였다. 크라수스가 너무 탐욕적인 것은 누구나 알고 있었다. 따라서 크라수스가 파르티아와 전쟁을 해서 패하자 파르티의 왕이 그에게 "너는 황금을 가장 욕심냈으니, 황금의 맛을 보아라." 하며 녹인 황금을 그의 목구멍에 부어 넣어서 죽였다.

"이런 얘기는 많지만 오직 나만 큰소리로 말했을 뿐입니다."

단테와 베르길리우스는 그 얘기를 다 듣고 돌아섰다. 그때 갑자기 언덕길이 지진이 일어난 것처럼 흔들렸다. 베르길리우스는 이곳에는 지진이 없다고 단테를 안심시켰다. 그때 바로 위에서 큰소리가 들렸다.

"지극히 높은 곳에서는 하느님께 영광!"

그때 단테는 주위에 있던 영혼들이 모두 하늘을 우러러 보며 작별 인사를 하고 있는 것을 보았다. 그때서야 누군가가 승천했다는 것을 알았다.

산이 지진이 난 것처럼 흔들렸던 것은 언덕에서 고행하던 노인의 영혼이 정죄가 끝나 하늘로 올라가자, 산이 감격했기 때문이었다는 것을 나중에 알았다.

10
시인, 스타티우스의 고백

지금 단테와 베르길리우스 앞에는 수많은 노인 일행이 있었다. 베르길리우스가 그들에게 정중히 예의를 갖추고 단테와 함께 이곳에 온 이유를 설명해주었다. 그리고 노인들에게 조금 전에 산이 흔들린 이유가 무엇인지 물었다. 그러자 한 노인이 말했다.

"이 산은 규범을 깨뜨리는 일이 없습니다. 연옥 안에서는 지진 같은 것은 없습니다만 정죄산에서 죄를 회개하고 깨끗해진 영혼이 천국으로 승천할 때 기쁨과 감동으로 일어나는 반응일 뿐입니다. 나는 연옥에서 5백 년 동안 머물러 있지만 아직도 천국에 가지 못했습니다. 이곳 사람들은 모두 천국에 가고 싶은 열망이 크지요. 하지만 열망만으로는 천국에 못 간다는 것을 잘 압니다."

그때 베르길리우스가 물었다.

"당신은 누군데 5백 년이나 이곳에 있지요?"

"나는 서기 50년경에 나폴리에서 태어나 96년에 죽은 시인 스타티우스라는 사람입니다. 그때는 내가 대 서사시 〈아에네이스〉

〈단테 알리기에리〉아뇰로 브론치노, 약 1530년

를 배워서 불렀기 때문에 꽤 인기 있는 시인이었지요. 그게 모두
그 서사시를 쓴 시인 베르길리우스 덕분이었습니다. 내가 만일
베르길리우스 같은 시인이 살던 시대에 태어났다면 여기서 더 오
래 머문들 무슨 문제가 되겠습니까?"

베르길리우스는 단테에게 잠자코 있으라는 눈짓을 보냈지만 노인이 너무 진지한 표정을 짓자 단테가 입을 열고 말았다.

"여기 이분이 바로 시인 베르길리우스이십니다."

그 말에 스타티우스가 깜짝 놀라 달려들었다. 그러나 그들은 모두 육체가 없는 영혼이었으므로 손도 잡을 수가 없었다.

마침내 그들은 스타티우스의 안내로 제6의 언덕에 올랐다. 그때 돌계단에서 천사가 나타나 전처럼 이마의 P자를 날개로 지워주고 떠났다. 이어 어디선가 말소리가 들렸다.

"목마른 사람들이 물을 그리워하듯이 정의로운 자들은 축복을 받으리라."

베르길리우스는 시인 스타티우스에게 말했다.

"내가 지옥의 림보에 있을 때 한 시인이 당신 얘기를 해준 적이 있습니다. 나는 당신을 본 적은 없지만 호기심이 있었지요. 내 친구가 되어주시지요. 당신 같은 분이 왜 연옥에서 헤매는지 알 수가 없습니다."

"저는 살아있을 때 하느님을 바르게 믿지 않았습니다. 사실 나는 탐욕을 저지른 죄의 문책을 받고 있는 것이 아니라 오히려 낭비를 했기 때문입니다. 지옥의 경우처럼 연옥에서도 낭비는 처벌을 받게 됩니다. 나는 신생님의 시를 읽으면서 구절구절 나쁜 표현이라고 생각되는 곳을 고치고 싶었습니다. 만일 그랬다면 지금쯤은 지옥에서 무거운 돌을 굴리고 있겠지요."

베르길리우스가 그 말을 듣고 빙긋이 웃었다.

"그런데 당신은 왜 예수 그리스도를 믿게 되었지요?"

"그것은 선생님의 시 중에 '세상은 바로 잡혀 정의와 원시의 시대가 다시 오고 새 백성들이 하늘에서 내려온다.'는 구절을 읽고, 예수 그리스도에 관한 예언이 진리라는 것을 깨달았기 때문입니다. 제가 신자가 된 것은 도미티아누스 황제 시절이었습니다만 그때는 그리스도교 신자들에 대한 박해가 심해서 피해 다녔습니다. 저는 그렇게 성실하지 못한 죄로 제4의 언덕에서 4백 년 동안 머물러 있다가 이곳에 온 것입니다."

단테는 베르길리우스와 함께 시인 스타티우스의 말이 무슨 뜻인지 깨달았다. 이후로 시인 스타티우스가 단테와 베르길리우스와 동행을 했다.

11
대식가, 포레세 도나티

　세 사람이 그 다음 도착한 곳은 제6의 언덕이었다. 그곳에는 줄기가 가늘고 가지가 굵은 이상한 나무 한 그루가 있었다. 가지에는 먹음직스러운 열매가 달려 있었다. 그 옆에는 깨끗한 폭포가 있었다. 나무줄기가 너무 가늘어 열매를 딸 수가 없었다.

　이 나무는 선악을 구별시키는 열매가 달리는 나무의 분신이며 그 모양이 원추형을 거꾸로 세워놓은 것 같아서 나무에 올라가 열매를 딸 수 없게 되어 있었다.

　따라서 포식의 벌을 받은 사람들은 열매를 따먹을 수 없어서 그 고통이 더 컸다. 두 사람이 나무 가까이 갔을 때 잎에서 소리가 들려왔다.

　"나무 열매를 따먹지 마세요. 성모 마리아께서는 카나의 혼인 잔치에 갔을 때 맛있는 음식보다 잔치에 꼭 필요한 포도주 걱정을 하셨습니다. 옛 로마의 부인들은 술을 마시지 않고 물만 마셨고, 예언자 다니엘은 허리띠를 졸라매고 열심히 공부했지요. 옛 사람들은 도토리를 따먹었고, 물 대신 개천의 물을 마셨습니다. 세례자 요한은 꿀과 메뚜기로 영양분을 섭취하면서 세례를 주러 다녔습니다."

세 사람은 더는 그곳에 머물러 있을 시간이 없어서 서둘러 떠났다. 그들은 길에서 묵묵히 걸어가는 순례자들을 만났다.

놀랍게도 그들은 모두 볼이 움푹 패이고 안색이 창백했으며, 몸은 뼈와 가죽만 남아있었다. 그 비참한 모습은 마치 에리시크톤 같았다.

에리시크톤는 테쌀리아의 왕자인데 옛날 케레스 여신의 참나무를 자른 죄로 노여움을 사서 평생 굶주림의 고통을 받고 살았다. 지금 순례자들은 모두 이상한 나무에 열린 열매의 냄새를 맡으려 애쓰고 있었다. 그중에 한 사람이 단테를 보고 말했다.

"당신들은 누구시오? 우리를 좀 도와주시오."

단테는 그가 낯이 익어 잘 생각해보니 시인 포레세 도나티였다. 단테는 포레세에게 자기가 이곳에 온 이유를 밝혔다.

"여보게, 나는 그 옛날 자네가 죽었을 때 슬퍼했던 사람이네. 자넨 어쩌다가 이렇게 되었는가?"

"나는 살아있을 때 너무 비싼 음식만 찾아 먹었던 대식가이자 식도락가여서 지금 이처럼 벌을 받고 있는 것이라네. 나는 지금 먹을 것이라고는 이 열매의 냄새뿐이고, 마시는 것은 폭포의 물보라뿐이라네."

"허나 자넨 죽은 지 벌써 5년이나 되지 않았는가? 나는 자네가
죽을 때 회개를 하지 않아서 연옥의 문밖에 있는 줄 알았지 제6언
덕에 있는 줄은 몰랐네."

"그렇게 생각했겠지. 나 같은 사람은 연옥의 문밖에서 지상의 생애의 햇수만큼 고행을 해야 하네. 하지만 내 경우는 나의 아내 넬라가 지금까지 계속 나를 위해 기도를 해줘서 이만큼 빨리 올 수가 있었네."

단테는 그 말을 듣고 살아있는 사람들이 연옥 사람들을 위해서 기도하는 일이 얼마나 중요한 가를 새삼 깨달았다.

"여보게, 자네와 어울리던 옛 시절이 그립네. 나는 아직 살아있는 몸으로 대선배님의 안내를 받아 지옥에 다녀왔네만 앞으로 우리는 천국에 가서 베아트리체를 만나기로 되어 있다네. 포레세, 자네 누이 피카르다는 어디 계신가? 그리고 곁에 계신 분들은 누구인가?"

"나의 누이 피카르다는 이미 천국에 가 있다네."

포레세는 자기 곁에 있는 이탈리아의 시인 보나지운타를 위시해서 차례로 단테에게 소개를 해주었다. 그들은 살아있을 때 모두 사치스러운 식사를 하던 사람이었다.

그들은 나무 아래 서 있었지만 열매가 손에 닿지 않고, 나무줄기가 가늘어서 올라가 열매를 딸 수가 없었다. 그때 누군가 말했다.

"너희들은 나무 가까이 오지 말고 그냥 지나쳐 가거라. 지상의 하와가 따먹었다는 선악의 열매도 이 위쪽에 있지만, 이 나무 역시 그 나무에서 갈라져 나온 지혜의 나무다."

이어 단테는 베르길리우스와 스타티우스의 손을 잡고 다음 언덕을 향해 걸어갔다. 세 사람이 침묵 가운데 천 걸음쯤 왔을 때 갑자기 천사가 나타나서 말했다.

"당신들은 여기서 방향을 바꾸십시오. 평화의 길을 원하시면 이쪽으로 오세요."

그와 함께 가벼운 바람이 달콤한 향기를 풍기면서 불어왔다. 그 바람은 단테의 이마에서 또 하나의 P자를 지웠다.

《신곡》 삽화_연옥의 돌계단을 오르는 단테와 베르길리우스, 귀스타프 도레, 1857년

12
연옥의 마지막 불길, 정화(淨火)

4월 2일 오호 2시. 돌계단이 좁아서 세 사람이 나란히 올라갈 수가 없어서 한 사람씩 올라갔다. 베르길리우스가 단테에게 말했다.

"네가 거울 앞에 서면 흔들리는 모습을 볼 수 있을 것이다. 올곧은 성질을 가진 사람도 때로는 부드럽게 보이지만, 스타티우스가 잘 가르쳐줄 거다."

그 말을 들은 스타티우스가 단테에게 성에 관한 얘기를 들려주었다.

"남자와 여자는 정상적으로 함께 정을 나누어 잉태하고 아기를 갖고 키우는 것이네. 하지만 그 방법은 동물과 인간이 다른 것이라네. 그런데 성을 함부로 여긴 사람들은 이 간음의 언덕에서 고생을 겪게 되는 것이지. 어느 사람이나 성인이 되면 하느님의 허락을 받아 서로 마음이 통한 후에 자녀를 낳는 것이 옳고, 그렇지 않은 것은 모두 간음에 해당하는 것이네."

제7의 언덕은 연옥계의 마지막으로 위쪽 바위벽에서는 불을 토하고 있었다. 이 불을 여기서는 정화(淨火)라고 부른다.

따라서 이곳은 매우 좁아서 한 사람씩 통과하도록 되어 있다. 단테는 불 속으로 떨어질까 몹시 두려웠다. 베르길리우스가 단테를 보고 말했다.

"이 불을 통과하지 않고는 천국에 갈 수가 없단다."

그때 불 속에서 "오, 자비하신 하느님!"이라는 외침소리가 계속 들렸다. 단테는 멈춰 서서 불꽃 속으로 떨어진 영혼의 무리들을 지켜보았다. 그중에 한 사람이 단테에게 외쳤다.

"오! 너는 남들보다 느려서가 아니라 예의를 차리느라 늦었구나."

그들은 불 속에서 만나면 서둘러 사랑의 입맞춤을 했지만 너무 순식간이어서 겨우 인사말을 나눌 수 있을 뿐이었다. 그들은 헤어지면서 "소돔과 고모라"를 인사말처럼 외쳤다.

소돔과 고모라는 하느님의 가르침을 배반하고 성적 타락의 죄에 빠졌기 때문에 하느님의 노여움을 받아 불로 멸망한 팔레스타인의 도시들을 말한다.

그들은 이 무리 저 무리 서로 어울려 울부짖으며 눈물로 인사를 되풀이했다. 그들은 단테에게 무엇인가 말을 하고 싶어서 몸부림을 치고 있었다.

"여러분은 언젠가는 구원을 받아 평화를 얻게 될 것입니다. 나는 살아있는 몸으로 성모 마리아의 은총을 입어 이곳에 오게 된 것입니다. 당신들은 누구입니까?"

"훌륭한 죽음을 맞기 위해 이곳에 온 당신은 정말 복 받은 자입니다. 나는 구이도 구이니첼리입니다. 죽기 전에 회개해 이곳에 오게 되었습니다."

그는 1230년 볼로냐의 황제당 가문 출신으로, 단테 이전에 이탈리아에서 최고의 시인이었다. 단테가 그와 얘기를 나누는 동안 어느덧 저녁이 됐다. 불꽃 가장자리에서 천사들이 날아와 노래를 불렀다.

"마음이 정결한 자는 복이 있나니, 하느님을 맞을 것이라⋯⋯."

그 노래와 함께 단테의 이마에서는 마지막으로 남은 P자가 사라져버렸다.

"그대들은 여기서 불길에 닿지 않고는 앞으로 나갈 수가 없습니다."

어디선가 그 말이 들렸다. 그 순간 단테는 사람의 몸이 타들어가는 환상이 보였다. 이윽고 베르길리우스가 말했다.

"자, 들어가자. 고통은 받겠지만 죽진 않아. 이 불 속에서 천년 동안 있어도 너는 머리 털 하나 타지 않을 것이다. 거짓말 같으면 네 옷자락을 불 속에 살짝 넣어 보거라."

그러나 단테는 여전히 두려워했다.

"단테, 너와 베아트리체는 바로 이 불을 경계로 헤어져 있다. 베

〈단테의 비전: 레아와 라헬〉 마리 스파르탈리 스틸만, 1887년

아트리체를 만나려면 이곳을 통과해야 한다."

베르길리우스는 단테에게 용기와 격려를 주기 위해 계속 베아트리체를 내세웠다. 그러자 천사의 목소리가 들려왔다.

"하느님의 축복을 받은 자들이여, 어둡기 전에 어서 오십시오."

세 사람은 그 말을 듣고 걸음을 재촉했다. 단테가 돌계단을 한

계단 올라갔을 때 해가 지고 단테의 그림자는 사라졌다. 밤이 되면 걸을 수 없다는 이곳의 규칙대로 세 사람은 그곳에서 하룻밤을 지냈다. 단테는 그날 밤 꿈에서 예언적인 환상의 노래 소리를 들었다.

"내 이름은 레아, 나는 항상 몸을 꽃으로 장식하고 그 모습을 거울에 비춰보며 즐겼지요. 하지만 내 동생 라헬은 온종일 거울 앞에만 서 있답니다."

창세기에 나오는 레아와 라헬은 자매로, 신약에 나오는 마리아와 마르타와 대조를 이룬다. 그들은 각각 관상 생활과 활동 생활을 상징한다.

레아가 꽃 목도리를 만들어서 몸을 꾸미는 것은 선행을 통해 덕을 쌓는 행위를 가리키지만, 라헬은 그와 대조적으로 조용한 관조의 생활을 즐기는 것이다.

이윽고 새벽이 되어 해가 떴다. 4월 13일 아침이었다. 찬란한 해와 함께 싱싱한 풀과 꽃들이 눈에 띄었다. 곧이어 베르길리우스가 말했다.

"이제부터는 낙원이고, 과일이 열린 나무들을 보게 될 것이다. 우리는 지옥과 연옥을 거쳐서 마침내 정죄산(죄를 씻는 산)의 가장 높은 언덕에 온 것이다. 나는 위대한 힘을 빌려 너를 여기까지 안내할 수 있었다. 그러나 지금부터 너는 자유인이다. 처음에 나는 네가 도움을 청해서 안내를 맡게 되어 여기까지 오게 된 것이다. 이제 너는 여기서 베아트리체가 올 때까지 기다려도 좋고 아니면 계속 걸어도 좋다. 이제부터는 내 안내를 받거나 나에게 묻지 않아도 된다. 너의 판단은 늘 자유롭고 바르고 완전해서 이제는 내 힘이 미치지 못하는 곳에 있다."

단테는 대선배 시인 베르길리우스의 말을 듣고 말할 수 없는 감격에 사로잡혔다.

13
지상의 낙원

단테는 절벽 위로 겨우 기어 올라가 지상의 낙원에 도달할 수 있었다. 그곳에는 아름다운 향기가 섞인 바람이 불어왔다. 단테는 북쪽으로 흐르는 레테 강의 경치를 바라보았다.

단테의 머릿속에는 문득 어젯밤 꿈 속에 나타났던 아름다운 여인 마틸다가 꽃 속에 거닐고 있는 것 같은 모습이 떠올랐다. 그는 마틸다 곁으로 다가가 낙원에 관한 얘기를 나누면서 혼자 생각했다.

'이곳에는 지상처럼 숲과 강이 있어 스타티우스에게서 들은 것과는 다르군.'

그러자 마틸다는 단테의 혼잣말을 알아들었는지 '그렇지 않습니다. 하느님은 아무나 이곳에 두지 않습니다. 아담과 하와 같은 사람은 이곳에 두지 않습니다.'라고 말했다.

하느님이 태초에 아담과 하와에게 주었던 지상의 낙원은 본래 고통도 슬픔도 걱정도 없는 즐거운 곳이었다. 그러나 어느 날, 뱀

〈마틸다〉 조지 던롭 레슬리, 1859년

이 나타나 하와를 유혹해 하느님이 금지한 선악과의 열매를 따먹었다.

그로 인해 아담과 하와는 하느님의 벌을 받아 낙원에서 쫓겨나고 말았다. 그 후부터 지상의 낙원은 마음이 정결한 사람과 연옥에서 고행을 통해 속죄한 사람만 갈 수 있는 곳이 되었다.

단테와 마틸다가 레테 강을 사이에 두고 동쪽으로 향해 나란히 걸어갔다. 그때 마틸다가 단테에게 갑자기 '잘 들어보세요!' 하고 말했다. 단테가 귀를 기울이자 번갯불이 번쩍 하고 숲을 지나갔고, 음악 소리가 들렸다.

단테가 얼마쯤 더 갔을 때 일곱 그루의 황금 나무가 서 있었다. 가까이 다가가 보니 그것은 나무가 아니라 촛대였고, 들리는 음악은 찬미성가 호산나였다. 마틸다가 단테에게 말했다.

"뒤를 돌아보세요."

단테가 뒤를 돌아보니 흰옷을 입은 24명의 노인이 걸어오고 있었다. 그들은 굳은 신앙심의 표상인 흰 백합꽃 화관을 머리에 쓰고 있었는데 모두 기도를 하고 있었다.

"은총이 가득하신 성모 마리아여, 기뻐하소서. 주님께서 함께 계시니 여인 중에 축복을 받으시고 태중의 아들 성자 예수 그리스도 역시 축복을 받으셨도다……."

그들은 예수 그리스도에 대한 희망을 상징하는 녹색 잎으로 짠 관을 실은 네 마리의 동물과 함께 걸어오고 있었다. 네 마리의 짐승은 사자, 황소, 사람, 독수리의 형상을 하고 있었으며 그들은 각각 6개의 날개를 갖고 있었다.

그리고 날개에는 모두 눈이 달려있었다. 그 행렬 속에는 두 개의 바퀴가 달린 마차가 그리폰에게 끌려가고 있었다.

그리폰은 머리는 독수리인데 몸은 사자였다. 마차의 오른편에는 붉은 옷, 녹색 옷, 흰옷을 입은 여자가 걸어가고 있었다.

마차의 왼편으로는 자주색깔 옷을 입은 네 명의 여자가 눈이 세 개 달린 사람의 안내를 받으며 춤을 추며 걸어가고 있었다. 그

《《신곡》의 연옥편 드로잉》 산드로 보티첼리, 1480–95년

리고 마차의 뒤로는 점잖은 두 노인과 함께 번쩍거리는 칼을 든
사람이 걸어가고 있었다.

　(여기서 네 마리의 동물은 4복음서를 뜻한다. 두 바퀴의 마차는 교회
를 뜻하고, 일곱 개의 촛대는 교회의 7성사, 24명의 노인은 구약성서 중
24서를 뜻하고 있다. 그리고 마차의 오른쪽 세 사람 중에서 흰색 옷은
믿음, 녹색은 소망, 붉은색은 사랑이며, 왼편의 세 눈을 가진 사람은 과

《신곡》 삽화_단테에게 자신의 마차에 대해 이야기하는 베아트리체, 윌리엄 블레이크, 1824-27년

거 현재 미래를 나타내고, 네 사람은 네 가지의 덕, 뒤쪽의 두 노인은 성
루카와 성 바오로, 칼을 가진 사람은 성령을 나타낸다. 그리고 한가운데
서 마차를 끌고 있는 그리폰이라는 동물은 신과 사람의 양성을 한 몸에
갖추고 있는 예수 그리스도가 교회를 이끌고 있음을 표현한 것이다.)

24명의 노인 중 한 사람이 천사처럼 나타나서 말했다.

"신부여! 레바논에서 나와 함께 갑시다."

그가 세 번 노래를 하자 다른 사람들이 모두 '할렐루야! 할렐루야!' 하고 합창을 했다. 천사들도 이미 마차에 서서 '지금 오는 사람은 복되도다.' 하고 노래하며 꽃을 뿌리면서 '손에 든 백합을 뿌립시다.' 하며 기뻐했다.

바로 그때 꽃구름 사이로 말할 수 없이 아름다운 여자가 나타났다. 여자는 흰 면사포 위에 올리브 잎으로 짠 관을 쓰고 녹색과 진홍색이 어울린 옷을 입고 있었다. 그 여자가 바로 단테가 어려서부터 지금까지 그리워하던 베아트리체였다. 단테는 10년 만에 만나는 그녀가 너무 눈부셨지만 잠시 후에 시력을 회복했다.

"단테님! 저를 보세요. 제가 베아트리체예요. 당신은 왜 이곳에 오셨는지요? 이 낙원은 행복한 사람들만 사는 곳인 줄 알고 오셨나요?"

단테는 베아트리체가 자기 이름을 부르자 황홀감을 느꼈다. 단테는 베아트리체의 말을 듣는 것이 마치 어린 아이가 어머니에게 꾸중을 듣는 것 같았다. 이어 베아트리체가 계속 단테에게 말했다.

"당신이 잠자코 있어도 당신의 죄는 감추어지지 않아요. 하지만 자신이 죄를 통회하면 이곳의 재판은 엄격하지 않답니다. 그것은 마치 숫돌에 칼날을 갈 때 반대로 갈면 날이 무디어 지는 것과 같답니다. 단테님! 눈물을 거두고 제 말을 잘 들으면 당신은 올바른 선택을 하게 될 겁니다. 만약 내가 죽어서 당신의 기쁨이 사

〈연옥에서 단테와 베아트리체〉 안드레아 피에리니, 1853년

라졌다고 한다면 현세를 다시 생각해보세요. 지상의 행복이란 한 낱 뜬구름 같은 것, 그 때문에 내 죽음이 당신의 고통이 되어서는 안 되지요. 슬픈 생각이 드시면 얼굴을 들어 보세요."

단테는 베아트리체가 칼로 자기 심장의 구석구석을 마구 찌르는 것 같은 느낌이 들었다. 지상에서 베아트리체가 죽었을 때 그는 얼마나 슬프고 고통스러웠던가?

하지만 이제 그녀의 말을 들으니 지상에서의 기쁨과 행복만을 바랐던 일들이 후회되고 부끄러웠다. 베아트리체의 말은 계

〈단테와 베아트리체〉카를 외스텔리, 1845년

속됐다.

"단테님, 이제는 두려워 말고 부끄러워하지 말고 분명히 말하
세요. 당신이 지상에서 알고 있던 것이 지금 내 말과 얼마나 다른

가를 알겠지요?"

단테가 간신히 입을 열었다.

"나는 단 하루도 당신 생각을 안 한 날이 없었습니다. 그리고 그것이 나쁘다는 생각을 해본 적도 없었습니다."

베아트리체가 그 말을 듣고 웃으며 말했다.

"당신이 그것이 나쁘다고 생각해본 기억이 없다면 오늘 레테의 강에서 물을 마신 일을 꼭 기억해주시기 바라요. 당신이 그 물을 마셔야 했던 것은 잊고 싶은 죄가 있었던 증거입니다. 불이 없는 곳에서는 연기가 나지 않는 법이지요."

"아아! 빛이여, 여기 원천에서 흘러 둘로 갈라지는 에우노에 강과 레테의 강은 어떤 강인가요?"

"에우노에 강은 레테 강과 같은 원천에서 나와 동쪽으로 흐르고 있는 강이지만 깨끗해진 영혼에게 착한 일을 한 기억을 회복하게 하는 강이지요. 제가 마틸다로 하여금 에우노에 강에 가서 당신에게 힘을 주도록 했지요."

베아트리체가 단테의 손을 잡으며 스타티우스에게도 함께 가자고 권했다. 이렇게 정결한 강에서 마음을 정화한 단테는 천국으로 올라가는 사람들과 함께 깨끗해졌다.

〈로마의 카시노 마시모에 그려진 프레스코화 연작, 단테의 방 : 최고천 (最高天)과
천국의 여덟 하늘의 인물들〉 필리프 바이트, 1817~27년

천국편

Paradiso

〈천국의 단테〉 윌리엄 케이브 토마스, 년도미상

1
놀라운 신세계

베아트리체는 하늘을 바라보고 있었다. 그녀의 눈빛은 화살이 과녁을 향해 날아드는 것처럼 빠른 속도로 태양을 향하고 있었다. 이윽고 베아트리체는 단테를 향해 기쁘게 말했다.

"단테님, 주님께 감사드리세요. 주님께서 우리를 첫째별에 인도해주셨습니다."

그들은 구름에 휩싸인 듯한 느낌을 받았다. 첫째별이란 지구에서 가장 가까운 달로 태양빛에 빛나는 금강석 같은 곳이었다. 그곳을 에워싸고 있는 둘레가 수성이고, 그 다음 순서대로 금성, 화성, 목성, 토성 등 9개의 항성이 자리 잡고 있다.

하늘에는 그밖에 각기 다른 선하고 정결한 영혼과 천사가 많았다. 천사들은 아홉 개의 하늘마다 제1천사부터 서열 순으로 높낮이가 달랐다. 단테는 하늘의 넓은 세상을 떠나면서 몸이 새털처럼 가벼워졌으며 몸과 영혼의 구별이 안 되었고, 자신은 물론 베아트리체의 존재조차 의식할 수가 없었다.

하늘의 움직임은 지구에서 가까운 곳은 느리지만 지구에서 멀어질수록 속도가 빨랐다. 그때 베아트리체가 단테에게 물었다.

"당신은 마치 꿈꾸는 것 같군요. 이제부터 더 많은 것을 보실 수 있을 거예요. 이곳은 이미 지상이 아닙니다."

단테는 마음속의 갈등이 깨끗이 사라진 듯 했다.

"이런 느낌은 처음입니다. 내 몸이 어떻게 새털처럼 가볍게 날 수가 있는지요?"

"세상에는 하느님의 능력보다 놀라운 것은 없습니다. 이 세상은 하느님의 능력으로 움직이고 있으므로 우주는 균형을 유지하고 있는 것입니다. 따라서 우리는 하느님의 큰 바다 안에서 안전하게 항해를 할 수 있습니다. 우리가 탄 배는 최고의 선을 향해 가려는 본능과 원동력을 갖추고 있지요. 지상에서 최고의 예술품이 예술가의 고뇌를 통해서 창조되고 있는 것처럼 하느님에 의해 창조된 인간은 자유 의지를 갖고 있으므로 이성에 어긋나는 쾌락에 마음이 쏠려 하느님의 뜻을 배반하는 일이 있기도 합니다. 그것은 마치 불꽃은 위로 타오르지만 번개나 벼락처럼 아래로도 내려올 수 있다는 것에 비유할 수가 있습니다. 제 말씀을 이해하신다면 천국에 가면서 겪는 일들이 조금도 이상하지 않을 것입니다. 당신은 아무 탈 없이 천국 여행을 하시겠지만 당신은 아직도 살아있는 영혼이라는 사실을 잊지 마세요."

베아트리체는 그렇게 말하고 조용히 얼굴을 하늘로 향했다.

2
베아트리체를 따라 천국 순례를 시작하다

단테 일행은 작은 쪽배를 타고 베아트리체의 뒤를 따라 천국 순례에 나섰다. 베아트리체는 그들에게 뒤를 돌아보거나 깊은 바 닷속으로 들어가지 말도록 주의를 주었다. 자칫 길을 잃고 헤매 게 될지도 모르기 때문이었다.

단테 일행이 타고 있는 쪽배란 곧 예수 그리스도의 교리를 상 징한다. 교리에 따라 삶을 사는 동안에는 다른 죄와 유혹에 빠지 지 말라는 비유를 뜻하기도 한다.

그들이 항해하는 바다는 지금까지 한번도 사람이 건너간 적이 없는 곳이었다. 바다는 바람 한 점 없었고 배는 오직 미네르바의 숨소리에 의해 떠나가고 있었다.

쪽배는 지혜의 여신 미네르바를 돛으로 삼고, 태양과 음악의 신 아폴로를 키로 삼고, 예술의 여신 뮤즈를 나침판으로 삼는다 는 뜻이다.

이 말은 학문적 예술적 재능을 발휘해 훌륭한 작품을 창조한다

는 뜻도 된다. 지금 단테를 태운 쪽배는 아폴로 신이 이끌고 있으
며 뮤즈의 여신 9명은 북극성 쪽을 가리키고 있다. 단테는 베아트
리체를 따라 가면서 이상한 빛 무리를 보았다.

"저것은 달빛입니다. 우리들의 첫째 별이지요."

달은 태양에 의해 빛나는 다이아몬드처럼 번쩍거리는 구름에
감싸여 있었다. 단테를 태운 쪽배는 화살처럼 빨리 달려 구름 속
으로 들어갔다.

"베아트리체, 천국을 안내하는 당신에게 어떻게 감사의 말을
전해야 할지 모르겠습니다. 저기 달 표면에 보이는 검은 얼룩이
카인의 이야기에 나오는 바로 그 그림자입니까?"

태초에 하느님께서 아벨이 바치는 제물만 받고 카인의 제물은

《신곡》 일러스트_천국〉 조반니 디 파올로, 1444-1450년

거절하자 카인이 시기와 질투심에 빠져 아벨을 죽이고 숨어 다녔다.

그 죄악의 그늘이 달에서 그림자로 나타나고 있다는 말을 단테는 전에 들은 적이 있었다. 곧 이어 베아트리체는 하느님이 창조한 피조물들이 지역에 따라 밝은 곳과 어두운 곳으로 구별되는 이유를 설명해주었다.

그때 단테의 눈을 사로잡는 것이 있었다. 어떤 여자가 투명한 유리 속에 바닥이 얕고 깨끗한 물에 영상처럼 비치고 있었다. 주위에 사람은 없었다. 베아트리체가 웃으며 말했다.

"저것은 영상이 아닙니다. 말을 걸어보세요."

단테가 그녀의 말대로 그 사람 가까이 다가갔다.

"당신은 누구시죠?"

그러자 그 여자가 온화한 얼굴로 입을 열었다.

"올바른 소망을 가진 사람들에게 이곳의 문은 항상 열려있습니다. 저는 지상에서 동정녀로 살았던 피카르다입니다. 저는 축복받은 다른 사람들과 함께 이곳에 와서 행복한 나날을 보내고 있습니다. 하느님의 축복이 당신에게 내려 기뻐요."

단테는 피카르다가 너무나 거룩한 모습이어서 처음에는 몰라봤으나 이름을 듣고 나서야 누군가를 알았다. 피카르다는 단테의 친구의 누이동생이었다.

그녀는 피렌체의 명문 도나티 가문의 딸로 성녀가 되겠다는 서

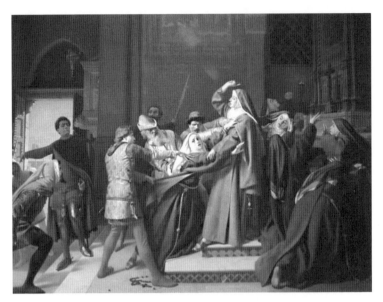

〈수녀원에서 오빠에 의해 끌려가는 피카르다〉 라파엘로 소르비, 1866년

약을 하고 클라라 수녀회에 가입했다.

아시시의 성녀 클라라는 귀족의 딸이었으나 일찍이 자선을 베푸는 일에 뜻이 깊어서 같은 마을의 아시시의 성자 프란치스코의 감화를 받아 수도자가 되어 1212년에 동정수녀회를 세웠다.

피카르다는 바로 그 클라라회의 수녀가 되었던 것이다. 하지만 그 후에 그녀의 오빠 코르소가 강제로 그녀를 결혼시켰고, 피카르다는 그 일로 심적 고통을 받다 죽었다.

비록 피카르다는 성녀가 되기로 한 서약을 깨뜨렸으나 그것은 그녀의 자의가 아니었기 때문에 지금은 천국 중에서도 제3위에 해당하는 달의 하늘에 와 있었다. 단테는 피카르다가 천국에 있는 것을 보고 매우 기뻤다.

"그대의 모습이 너무 거룩해서 내가 잠깐 몰라봤습니다. 참으로 행복해보입니다. 그대는 천국의 더 높은 위치로 가보고 싶은 생각이 있습니까?"

"아닙니다. 하느님의 축복을 받은 제가 무엇을 더 바라겠습니까? 성녀 클라라께서는 더 높은 곳에 계십니다. 지금 지상에서는 성녀 클라라의 뜻에 따라 성녀가 될 사람이 많습니다. 저 역시 소녀 시절에 클라라회에 들어갔으나 본의 아니게 탈퇴하게 되었지요. 그 사연은 하느님께서 더 잘 알고 계십니다. 그곳에는 저처럼 클라라 수녀회에서 강제로 탈퇴 당해 황후가 되신, 시칠리아의 왕 루제로 1세의 공주 코스탄차라는 분도 계십니다."

피카르다는 그 말을 마치자 '아베 마리아'를 부르며 사라졌다. 그때 베아트리체가 말했다.

"달의 하늘에 있는 어떤 천사도, 심지어는 율법을 만든 모세조차도 딴 세계에 있는 것은 아니에요. 저 천사들의 목숨은 햇수로 정해진 것이 아니므로 영원히 삽니다. 단지 그들이 타고 있는 쪽배의 기운 차이에 따라 도착하는 항구가 다를 뿐이랍니다. 그래서 지상에서 읽고 있는 성경은 당신들의 이해력을 돕기 위해 많은 힘을 주었습니다. 대천사 가브리엘과 사탄을 멸망시킨 대천사 미카엘, 그리고 신심이 깊은 이스라엘 사람 토비아의 눈을 뜨게

한 대천사 라파엘은 인간의 모습을 하고 지상에 나타난 천사들입니다. 인간의 영혼은 하느님께서 창조하셨고, 지상에서 살린 다음 육체를 거둔 후에는 다시 하느님께 되돌려집니다. 순교자 라우렌티우스는 황제 발레리아누스의 박해를 받아 철판 위에서 타죽었지만 그의 영혼은 끝내 하느님의 뜻을 저버리지 않았습니다. 무치우스를 아시죠? 그는 로마의 청년으로 로마를 침공한 포르센나 왕을 죽이려다가 붙들렸습니다만 실패의 원인이 자신의 오른손 탓으로 여겨 왕 앞에서 자기 손을 불 속에 넣었습니다. 그만큼 의지가 강한 사람이었지요. 당신은 그런 사실들을 잘 명심해 강한 의지를 길러야 합니다. 당신의 눈앞에는 하나의 관문이 있습니다. 속세에서는 그 관문을 뚫기 위해 불의를 저지릅니다. 그때 굳은 의지가 필요합니다. 그리고 아까 피카르다가 당신에게 얘기해준 의지도 소중하다는 것을 명심하세요."

"잘 알겠습니다. 하지만 한 가지 의문이 있어요. 누구나 하느님께 맹세를 합니다. 하지만 하느님과의 약속을 깨뜨리는 일은 가장 큰 죄악이라고 생각됩니다만, 만일 그 서약 자체가 옳지 않았을 때는 그 죄를 어떻게 보상할 수 있겠습니까?"

베아트리체의 눈빛이 눈부시게 반짝거려서 단테는 정신이 없었다.

"누구나 하느님께 맹세하는 것은 자유지만 경솔해서는 안 됩니다. 당신은 지금 스스로 한 맹세를 어기는 방법을 묻고 계십니다

〈베아트리체의 인사〉단테 가브리엘 로세티, 1859~1863년

만, 일단 맹세한 이상 취소할 수는 없다고 봅니다. 제가 옛날 입타 장군의 예를 들어보겠습니다. 입타 장군은 암몬과의 전쟁에서 이기고 돌아갈 수만 있다면 '누구든지 내 집 문에서 제일 먼저 나와 나를 영접하는 그를 야훼 하느님께 돌릴 것이니, 내가 그를 희생으로 드리겠나이다.'라고 서약을 했습니다. 그러나 뜻밖에도 자신의 사랑하는 외동딸이 북을 치며 환영을 나왔던 것입니다. 입

타는 할 수 없이 죄 없는 딸을 부질없는 하느님과의 맹세 때문에 죽여야 했습니다. 또 그리스의 장군 아가멤논은 트로이 전쟁 중에 젊고 예쁜 자신의 딸 이피게니아를 제물로 바쳐 신들에게 트로이 공격을 위해 순풍을 보내달라고 빌었습니다. 그 이유는 그 해에 출생한 아이 중에서 가장 아름다운 아이를 디아나 여신에게 바치겠다는 부질없는 맹세를 했기 때문이었습니다. 따라서 하느님을 믿는 사람은 서약을 바람에 날리는 깃털처럼 가볍게 해서는 안 됩니다."

베아트리체는 단테가 이해할 수 있도록 설명을 마치고 또다시 태양의 위쪽을 향해 올라가기 시작했다.

3
유스티니아누스 대제의 명예

베아트리체는 태양의 위쪽으로 올라가면서 더욱 아름다웠다. 단테는 제2의 천국인 수성을 향해 빠르게 날아갔다. 그들을 보고 환영하는 별들의 소리가 들렸다.

"영원한 기쁨의 천국에 오시는 이여! 그대들도 이곳의 우리들처럼 찬란히 빛나기를!"

단테는 그에게 말을 거는 사람을 향해 물었다.

"그대는 누구시기에 이처럼 영광된 천국의 자리에 계십니까?"

"나는 서기 330년에 제국의 수도를 로마에서 비잔티움으로 옮기고 그 수도의 명칭을 자신의 이름을 따라 콘스탄티노폴리스로 지은 로마의 황제 콘스탄티누스가 제국을 다스린 지 2백 년 후에 황제에 오른 유스티니아누스 대제입니다."

단테는 그 말에 놀랐다. 유스티니아누스 대제는 교황 아가피토 1세로부터 신앙의 가르침을 받아 로마제국을 다스렸으며 교황의 뜻을 받들기 위해 노력한 황제였다.

〈천국의 여덟 하늘의 인물들〉(부분)_수성천의 유스티니아누스, 필리프 바이트, 1817-27년

　그는 국방의 책임을 동로마의 장군 벨리사리우스에게 맡겼다. 벨리사리우스 장군은 본래 평민 출신으로 황제의 근위병이 된 후, 페르시아 전쟁에서 승리를 거두면서 영토를 크게 확장, 지배했으며 니카의 반란을 평정해 황제를 위기에서 구한 공로가 컸다.

　유스티니아누스는 그에 힘을 얻어 저 유명한 로마법전을 완성한 황제였다. 단테는 유스티니아누스 황제가 샤를 대제 이후 가장 이상적인 황제로 여겼을 뿐만 아니라 하느님의 섭리가 황제를 통해서 구현되었다고 믿었다. 그러나 지금 로마는 황제파 기벨리니당과 교황파 겔프당으로 분열되어 극심한 권력투쟁을 하고 있는 중이었다.

"지금 로마의 정세를 보면 안타깝기 그지없습니다."

유스티니아누스 대제는 단테에게 그렇게 말하면서 로마의 분쟁에 관해서 깊은 얘기를 나누었다. 단테는 아에네아스를 위해 파견된 왕자 발란테가 희생된 이야기, 라티움 왕국의 쿠라티우스 가문과 로마의 호라티우스 가문과의 싸움 등 로마제국의 역사 얘기를 유스티니아누스 대제와 나누었으며, 끝으로 수성이 어떤 별인지에 관해서 설명해주었다. 단테 시대에는 천문학적으로 수성이 가장 작은 별로 알려져 있었다.

"이곳 수성에는 명예를 위해 헌신한 영혼들이 머무는 곳입니다. 나는 살아있을 때 하느님 사업과 세속 사업에 마음이 반반씩 빼앗겨 있었습니다만 이곳에서는 오직 정의로운 일에만 집중할 수 있어서 행복합니다. 바로 내 곁에서 빛나고 있는 분은 로메오입니다."

로메오는 프로방스의 라이몬도 백작의 집안 관리인이었다. 백작이 죽은 후에는 재상의 자리에 올라 라이몬도 백작의 넷째 딸 베아트리체의 후견인이 되어 그녀를 잘 보살폈다.

그러나 귀족들이 그를 시기하고 모함하자 어느 날 당나귀를 타고 몰래 집에서 빠져나가 자취를 감춘 것으로 알려졌다. 단테는 당시 로메오가 실종된 것을 알고 있었으므로 그의 소식을 천국에서 듣게 되자 놀랄 수밖에 없었다.

곧 이어 유스티니아누스는 라틴어로 '호산나, 성스러운 주님께서 천국에서 은총을 받은 사람들을 비추시네.'라는 노래를 부르며 불꽃처럼 사라졌다.

4
하늘의 섭리를 깨달은 샤를 마르텔의 대화

예전에 지상에서 이교도들의 세력이 컸을 때, 키프로스 섬에서 태어난 아름다운 사랑의 여신 베누스는 천국에서 사랑의 빛을 내뿜으면서 별처럼 돌고 있다고 생각했다.

따라서 그 무렵 사람들은 베누스를 여신으로 우러렀다. 단테는 그런 생각에 사로잡힌 채 인류에게 진리를 가르쳐 주신 예수 그리스도께 감사하는 마음이 들었다.

그리고 문득 베아트리체가 자기를 제3의 하늘 금성으로 안내하고 있다는 것을 깨달았다. 그의 눈앞에는 수많은 작은 별빛이 새벽하늘에서 불꽃처럼 반짝이고 있었다.

그 별들은 때로는 느리게, 때로는 빠르게 이동하고 있었다. 그러는 가운데 두 사람을 태운 쪽배는 화살처럼 빠르게 금성 하늘에 도착했다.

"우리는 모두 사랑하는 마음으로 가득 차 있습니다. 그대들을 환영합니다. 이곳에서 부디 쉬어가시기를!"

그때 찬미의 호산나를 부르며 단테를 향해 다가오는 영혼들의 무리가 있었다. 단테는 그들에게 누구냐고 물었다. 그러자 그중 한 사람이 말했다.

"나는 지상에서 아주 짧은 삶을 살았던 사람입니다. 내가 좀더 오래 나폴리 왕국에 살았다면 그렇게 크고 많은 재앙은 없었을 것입니다. 지금 나는 기쁨이 충만합니다. 당신은 주위의 빛들 때문에 내가 누군지 알아보기 힘들 테지만 나는 당신의 사랑을 한껏 받았던 사람입니다. 내가 좀더 오래 지상에서 살았다면 당신을 더 사랑할 수 있었을 것입니다. 로느 강과 소르그 강이 합류하는 왼쪽 언덕의 프로방스는 샤를 1세 때 나폴리 왕국이었는데, 샤를 2세가 죽은 후에는 당연히 나폴리 왕국의 후계자가 다스릴 것으로 생각하고 있었습니다."

단테는 그 순간 그가 바로 로베르토에 의해 왕권을 박탈당한 샤를 마르텔이라는 것을 알았다. 샤를 마르텔은 헝가리의 왕으로 피렌체에 온 적이 있어서 단테와도 아는 사이였다. 단테는 기쁜 마음으로 그의 말에 귀를 기울였다. 그는 계속 말을 이어나갔다.

"프로방스는 당연히 내가 다스려야 했는데도 내 동생 로베르에게 귀속되고, 나는 다뉴브 강이 흐르는 독일 땅 옆의 헝가리 왕이 된 것입니다. 내게는 그렇게 불행이 꼬리를 이었습니다."

단테가 마침내 입을 열었다.

"당신을 여기서 만나다니 정말 기쁩니다. 당신 같은 훌륭한 분

〈천국의 여덟 하늘의 인물들〉(부분)_금성천의 영혼들, 필리프 바이트, 1817~27년

이 어떻게 로베르 같은 나쁜 동생을 두었는지 모르겠군요."

　"그것은 하느님밖에 모르는 비밀입니다. 인간은 누구나 하느님이 창조해 주신대로 살아야 하는 것이죠. 형제라고 해서 성격이 같다고 말할 수는 없습니다. 그리스의 7명의 현자 중 한사람이자 아테네의 입법관이었던 솔론은 법관으로 태어났습니다. 크세르크세스는 군인으로 태어났고, 멜키세딕은 사제가 될 재목과 덕을 갖고 태어났지요. 그 모두가 하느님의 섭리일 뿐입니다. 이사악의 아들 에사우와 야곱은 쌍둥이였지만 두 사람의 성격은 판이했습니다. 에사우는 거칠고 사냥꾼 기질이 있었고, 야곱은 온순해서 양떼를 몰았지만 이사악의 후계자가 되어 크게 성공했습니다. 이처럼 사람들은 각자 타고난대로 자신에게 알맞은 일을 해야 합니다. 따라서 군인으로 태어난 자가 사제가 되려고 한다거나, 설교를 잘하는 사람이 왕이 되려고 하는 것은 하느님의 뜻을 거스르는 것이고, 그것은 불행으로 이어지는 것입니다."

단테는 그 말을 듣는 순간 하느님께서 자신에게 무엇을 바라셨는지 분명히 깨달을 수가 있었다.

5
성 프란치스코와 성 도미니코

베아트리체는 단테를 데리고 그 다음 방문지로 예정된 제4의 천국인 태양의 하늘에 도착했다. 그곳에는 세상에 살던 학자와 성인들이 살고 있었다.

지금까지 어느 곳에서도 볼 수 없던 눈부신 빛이 비치고 있었다. 단테는 그들과 간절히 만나고 싶었다. 그때 베아트리체가 단테에게 말했다.

"여기까지 올 수 있도록 허락하신 하느님께 감사합니다."

이윽고 번쩍번쩍 빛나는 별들이 단테의 주위로 몰려들기 시작했다. 그 정교한 아름다움은 말로 표현할 수가 없었다. 그와 함께 노래 소리도 들려왔다. 별들은 꽃의 화환이 되어 두 사람을 에워싸면서 춤을 추며 돌고 환호성을 지르기도 했다.

"단테님, 이곳에 온 것을 환영합니다. 나는 성 도미니크 수도회에 소속되었던 토마스 아퀴나스입니다. 그리고 제 곁에 계신 분은 신학자이자 철학자인 알베르투스 선생입니다. 그리고 그 옆쪽의 깨끗한 빛은 교회법의 토대를 닦은 베네딕토 수도회의 그라티아누스, 그 옆에는 교회에서 소중하게 여기는 교회법 제4집을 쓴 신학자 피에트로 롬바르디고, 그 옆은 다윗 왕의 아들 솔로몬입니다. 솔로몬의 행방에 대해서는 지상에서 크게 화제가 되었을 것입니다만 그는 지금 우리와 함께 있습니다. 그 옆은 아레오 파고스 언덕의 재판관 디오니시오스입니다. 디오니시오스는 바오로의 가르침을 받은 학자로 천사들의 자격 조건을 분류해서 발표한 분이십니다. 그 옆에는 성 아우구스티누스의 암시를 받아 책을 쓴 유명한 파울루스 오로티우스입니다. 그는 그 책에서 이교도들의 주장을 반박하고, 예수 그리스도로 인해서 로마제국이 멸망한 것이 아니라는 것을 밝혔습니다. 그리고 로마의 정치가이자 철학자인 보에티우스, 스페인의 철학자 이시도루스, 영국의 교회사를 쓴 베다, 프랑스 파리의 성 빅토르 수도원장 리샤르, 파리대학의 철학교수 시지에르입니다. 이곳의 빛들은 영원히 꺼지지 않습니다."

단테는 베아트리체와 함께 토마스 아퀴나스의 말을 감동적으로 듣고 있었다.

"하느님께서는 지상의 인간들이 죽은 후에 천국으로 들어올 수 있도록 안내하고 지도할 수 있는 두 분의 선생님을 선택하셨습니다. 그중 한 사람은 세라핌같이 사랑의 빛을 붙들고 있는 이탈리아의 아시시의 성 프란치스코와 학문의 지도자 성 도미니코입니

〈성 토마스 아퀴나스의 유혹〉 디에고 벨라스케스, 1631-32년

다. 나는 도미니코 수도회의 소속이지만 프란치스코 수도회를 창
설한 아시시의 성 프란치스코에 관한 얘기를 좀더 하고 싶습니
다. 이탈리아의 아름다운 수바시오 산기슭에는 아시시라는 도시

〈법열에 빠진 성 프란치스코〉 카라바조, 1595년

가 있습니다. 포도나무와 올리브나무가 무성한 움부리아의 들에
서 조금 떨어진 곳이죠. 프란치스코는 그곳의 직물상 베르나르도
와 피가 부인 사이에서 마치 예수님처럼 마굿간의 짚더미 위에서
태어났습니다. 그가 부잣집 아들이면서도 가난한 수도 생활을 하
면서 복음을 전한 이야기는 수많은 사람에게 감동을 주었으며 프
란치스코 수도회의 기초를 세웠습니다."

이어서 프란치스코 수도회에서 사랑의 빛을 받은 영혼 보나벤
투라가 단테에게 말했다.

"성 도미니코는 스페인의 칼라노 태생입니다. 그의 어머니는
그를 낳기 전에 한 마리의 개가 불꽃을 입에 물고 돌면서 세상을

〈성 도미니코〉 클라우디오 코엘료, 1685년

불로 태우는 태몽을 꾸었습니다. 도미니코는 세례를 받고 서약을
한 후에는 학문에 정진해 이교도들의 불길을 진정시켰습니다. 그
는 도미니코 수도회를 창립했으며, 예수 그리스도의 가르침을 학
문으로 넓힌 교회의 지도자로서 큰 존경을 받은 분입니다. 이제
프란치스코 수도회와 도미니코 수도회는 전 세계의 교회를 이끄

는 두 개의 수레바퀴입니다. 내 곁에는 예언자 나탄, 대주교 크리소스토모, 그리고 안셀모마틴, 문법의 대가 도나투스 같은 학자와 성인들이 있습니다."

보나벤투라의 본명은 조반니 피단차인데 그는 중병에 걸렸으나 성 프란치스코에 의해 치유 은사를 받고 행운이라는 뜻의 '보나벤투라!'라고 외쳤다.

그의 어머니가 그의 이름을 보나벤투라로 바꾸었다. 그는 그후 프란치스코 수도회에 들어가 1256년에 수도회 원장이 되었으며, 성 프란치스코의 전기를 저술했다.

6
선조가 들려주는 피렌체에 관한 증언

단테가 태양천의 빛들과 얘기를 나눈 후에 하늘을 쳐다보고 있을 때 지금까지 없던 두 개의 꽃다발처럼 보이는 빛이 빛나고 있었다. 그것은 성령의 불꽃이었다.

단테의 몸은 지금도 여전히 위로 솟구쳐 오르고 있었다. 주위의 별들이 더욱 밝아졌다. 이곳은 수성천 안쪽 원에서 가장 거룩한 별인 솔로몬의 혼이다.

솔로몬은 천국에 있는 찬란한 빛들이 육체가 부활한 후에는 어떻게 되는 지를 설명했다. 이어서 단테와 베아트리체는 다섯째 하늘로 올라갔다.

이곳 화성천에서는 신앙을 위해 싸우다 죽은 자들의 영혼이 십자가의 형태로 나란히 빛나고 있었다. 단테는 진심으로 감사의 기도를 올렸다.

그러자 빛들은 더욱더 밝아져서 단테의 감사를 환영했다. 이어 별들이 점차 모여서 하늘에 커다란 십자가의 모양을 이루자 찬미

《신곡》 삽화_십자가와 천국의 영혼들, 귀스타프 도레, 1867년

와 감사의 노래가 이어졌다.

"오오! 하느님의 충만한 은혜여! 천국의 문은 누구를 위해 열리는 것입니까?"

단테는 깜짝 놀라 웃고 있는 베아트리체를 쳐다보았다. 그들이 계속해서 천국의 더 높은 곳을 향해 솟아오르자 영혼도 더욱 깨끗해졌다.

단테는 점점 신비한 느낌 속으로 빠져들었다. 그러나 단테는 그런 신비로움도 이해가 되었다. 단테의 귀에는 계속 찬미의 기도 소리가 들려왔다.

"삼위일체이신 주 하느님, 저희들에게 은총을 베풀어주셔서 감사합니다. 저는 당신의 안내자 베아트리체의 은혜를 받아 더욱 더 충만한 기쁨에 사로잡혀 있습니다. 모든 숫자가 하나에서 시작하듯이 이곳의 모든 별은 하느님의 빛을 받아야 비로소 빛나기 시작하는 것입니다."

마침내 단테가 입을 열었다.

"하느님께서 당신들 앞에 나타나셨을 때 당신들의 사랑과 지혜의 마음이 동시에 움직였겠지요? 하지만 당신들도 잘 알고 있듯이 평범한 인간은 하느님께 바라는 소망의 기도가 제각각 달라서 조화와 균형을 이룰 수 없습니다. 나도 그중의 하나일 뿐입니다. 저를 마치 아버지처럼 맞아주시는 여러분에게 오직 마음으로만 감사드림을 용서해주십시오. 당신이 누군지 저에게 말씀해주시지 않겠습니까?"

그러자 그중의 하나가 말했다.

"나는 너의 선조 중의 한 사람인 알리기에리라는 사람이다. 네가 여길 방문하게 된다는 것을 오래 전에 알고 기다리고 있었다.

내 아들이자 너의 증조할아버지인 알리기에리는 지금 연옥의 교만의 언덕에서 백 년 이상이나 고행을 하고 있는 중이다. 너는 증조할아버지가 하루 속히 그 언덕에서 벗어날 수 있도록 열심히 기도해주기 바란다. 내가 태어난 피렌체는 옛 성벽에 둘러싸인 아주 조용하고 아늑한 곳이었지. 명문가의 부인들은 화려한 옷을 삼가고 부지런히 일해서 손수 짠 옷감으로 옷을 해 입었으며, 모두 검소한 옷을 입고 열심히 일만 하면서 살았지. 사람들은 서로 믿고 화기애애한 평화로운 곳이었다. 나는 그런 좋은 시절에 태어나 성당에 가서 영세를 받았고, 가톨릭 신자로 카치아구이다라는 영세명을 갖게 되었다. 나는 자라서 쿠라도 황제를 받드는 군인이 되어 기마병으로 활약했다. 그때 마침 이슬람교도들이 우리 교회의 복음 전도를 막고 방해하며 훼방을 놓기 시작했었다. 우리는 이슬람 세력을 저지하기 위해 군대를 동원해 예수 그리스도를 위해 싸워야 했다. 나도 물론 전쟁에 참가했지. 십자군의 전쟁에서 나는 십자군의 기사가 되어 전쟁터에서 전사했다. 나는 하느님의 전사로 싸운 순교자가 되어 지금은 이 천국의 화성천에 와 있단다."

단테는 그 말을 듣고 속으로 기뻤다. 자기가 십자군 기사의 후손이라는 사실을 알고 나자 자신은 하느님의 명예로운 책임을 다하지 못한 부끄러움에 사로잡혔다.

"아아! 선조님, 당신은 나보다 뛰어난 힘을 가지셨습니다. 저를

《신곡》 삽화_카치아구이다를 만난 단테와 베아트리체, 귀스타프 도레, 1867년

잘 인도해주시고 저희 선조의 얘기를 더 해주십시오."

　카치아구이다는 단테에게 라틴어로 12세기 초기의 피렌체가
얼마나 컸는지, 인구며 당시의 유력한 귀족과 명문가에 대해서
설명해주었다. 피렌체는 시골 출신으로 자수성가한 상인들이 피

렌체 귀족들과 섞이면서 퇴폐와 몰락의 길을 걷기 시작했으며, 그 직접적인 원인으로 부온델몬티 가문과 아미데이 가문 사이의 혼약 파기에 따른 싸움을 꼽았다.

부온델몬티는 그레베 골짜기에 살고 있었으므로 피렌체에 오려면 에마 강을 건너야 했다. 피렌체의 아미데이 가문은 부온델몬티 가문과 혼약이 파기되자 모욕당한 것에 격노해서 1215년에 부온델몬티를 살해했다.

그것이 원인이 되어 피렌체는 황제당과 교황당으로 분열되어 내란 상태에 빠졌다. 피렌체의 국화는 백합꽃이었다. 따라서 싸움에서 승리한 당은 상대방의 기를 장대 끝에 매달아 땅바닥에 끌고 다니는 관습이 생겼다. 카치아구이다는 피렌체가 패망의 길을 걷게 된 과정을 단테에게 자세히 설명해주었다.

단테는 카치아구이다에게 다시 물었다.

"선조님, 저는 시인 베르길리우스 선생님의 안내로 지옥과 연옥을 여행하는 동안 나의 미래에 관해서 예언한 분이 있다는 말을 들었습니다. 만일 선조님께서 아신다면 제 미래에 관한 고견을 듣고 싶습니다. 저는 제 미래의 운명에 대해서 알게 되더라도 조금도 놀라지 않을 것입니다."

"그렇다면 말해주마. 너는 성직을 사고파는 교황 보니파치오 8세를 에워싸고 있는 악한 무리로 인해서 피렌체에서 추방될 것이다. 그때 너는 가장 사랑하는 사람을 잃게 되며, 남의 빵을 먹는 것이 얼마나 쓰라린 일인지, 그리고 남의 집 층계를 오르내리는 것이 얼마나 괴로운 일인지도 알게 될 것이다. 너는 당파를 떠나서 혼자 일하는 것이 좋겠다. 악의 무리는 너를 추방한 후 더욱 기승을 부리겠지. 너는 롬바르디아의 스칼리제리 가문의 바르톨로메오의 집에 피신해 머물게 될 것이다.”

 “선조님, 제가 피렌체에서 추방되면 시를 쓰면서 위로를 받겠습니다. 제가 지옥과 연옥을 거쳐서 천국에서 보고 듣고 느낀 것을 시로 써서 발표하면 저를 미워할 사람이 많을 것입니다. 하지만 그게 두려워 쓰지 못하면 제가 시로 남길 공적이 없습니다.”

 “네가 쓴 시를 읽고 양심에 꺼린 사람들은 모두 널 미워하고 증오하겠지. 하지만 넌 네가 여기서 본 것들을 하나도 빠짐없이 당당히 써야한다. 그 시를 읽는 사람들은 처음에는 맛이 이상해서 얼굴을 찡그리겠지만 뱃속에 들어가서 소화가 되면 살이 되고 피가 되어 유익할 것이다. 네 시에 나오는 사람 중에는 유명한 인사가 많으니 태풍이 불 것이다.”

 카치아구이다가 단테를 위로하고 용기를 주었다. 이윽고 베아트리체가 단테에게 떠날 시간이 되었다고 말하자 카치아구이다가 서둘러 말했다.

 “이곳 화성천에는 행복한 영혼이 아직 많다. 저길 보아라. 저 빠른 빛의 속도로 십자가 속에 달리는 빛은 모세의 후계자로 카나안 땅으로 들어가 이스라엘을 다스린 여호수아다. 그 뒤를 달리고 있는 빛은 유데아 왕국을 재건한 공로자 마카오베, 그리고 사라센과 싸운 용감한 신성로마제국의 첫 황제 샤를 대제와 당대의 전설적인 영웅 오를란도다."

카치아구이다는 말을 마친 후에 안심한 듯 그들 빛 속으로 달려갔다.

7
정의의 독수리 모습을 한 영혼

단테는 베아트리체의 모습이 갈수록 아름답게 변해가는 것을 알았다. 그녀의 모습은 마치 사람이 부끄러울 때 얼굴색이 붉게 변하는 것처럼 하늘 역시 붉은빛에서 흰빛으로 변하는 것과 같았다.

이윽고 그곳에 모인 별들은 모두 D자나 I자를 이룬 흰별이었다. 별들은 모였다 흩어졌다가 '정의를 사랑하라'라는 글자를 만들었고, 잠시 후에는 다시 '너희들 지상의 재판관들이여'라는 글자를 그렸다.

별들은 붉은빛을 띤 화성의 열기와 토성의 냉기 중간에 해당하는 은빛을 하고 있어서 어느 쪽으로도 기울지 않았다. 마치 지상의 사람들에게 본받아서 정의를 사랑하라는 것처럼 성령의 빛 글자를 보여주었다.

그 가운데 M자가 특별히 단테의 눈에 띄었다. 그것은 마치 네온사인에 불이 붙은 것 같이 보였다. 이윽고 그 M자 위에 머리가

《신곡》 삽화_독수리의 모양을 이룬 천국의 영혼들, 귀스타프 도레, 1867년

나오더니 한 마리 독수리 모양이 됐다.

독수리는 로마제국을 상징하는 새로서 정의를 대표한다. 하지만 지상의 교회 안에는 늘 정의가 연기처럼 가려져 있다.

교회 안에서 파문으로 위협하는 권력을 행사하고 이득을 추구하는 교황이 있다. 그런 일을 자행하는 교황은 얼마나 불쌍한 존재인가! 저들 교황은 이미 지옥에서 수없이 보았다. 독수리 모습을 한 영혼이 단테를 향해 날아왔다.

"저희는 늘 옳은 일만 하고 하느님을 섬겼기 때문에 지금 이곳에 있습니다."

단테가 곧 그들에게 말했다.

"하늘에서 빛나는 당신의 입김을 받고 싶습니다. 당신의 말씀을 듣고 싶습니다."

그러자 독수리가 단테에게 하느님의 빛을 모르고 지상의 어둠 속에서 죄를 짓고 있는 사람이 얼마나 많은지 예를 들어 설명해주었다.

인간은 하느님의 빛을 반사시키는 거울 같은 것이다. 따라서 훌륭한 거울은 하느님의 정의를 그대로 지상에 보일 수가 있지만, 나쁜 거울이라면 본래의 올바른 모습마저 바뀌어 보인다.

그것은 마치 입으로는 예수 그리스도를 외치면서 불의를 행하는 에티오피아 사람들을 예로 들었다. 단테가 천사의 노래를 듣고 있는 동안 아까처럼 독수리의 부리가 말했다.

"잘 보세요. 독수리 형상의 빛 속에도 눈이 되어 빛나는 영혼이 있습니다. 머리에서 하느님의 계약의 궤를 나르고 있는 분은 시인 다윗 왕입니다. 그리고 입부리에서 가장 가까운 빛은 과부와 어린이 등 불쌍한 사람들을 위했던 트라야누스 황제입니다. 그분은 전에 고행을 했습니다만 후에 그레고리오 교황의 기도로 이곳 천국으로 왔습니다. 그는 지금도 예수 그리스도를 따르는 일이 얼마나 소중한 일인지를 강조하고 있습니다. 그 다음은 죽기 직 전에 진심으로 죄를 뉘우친 자들이 있습니다. 그중에는 15년이나 생명을 연장시킨 유대 왕 헤제키야가 있습니다. 그는 기도와 회 개가 지상에서 얼마나 중요한가를 일깨워주고 있습니다. 그 다음 은 황제 콘스탄티누스 1세입니다. 그는 교황에게 로마를 양보하 고 스스로 그리스로 수도를 옮겨간 사람입니다. 그리고 낮은 곳 에서 빛나는 시칠리아 왕 굴리엘모 2세입니다. 그 다음은 정의로 나라를 지키다 전사한 트로이의 리페우스입니다."

"그들은 어떻게 천국에 올 수 있었습니까?"

"트라야누스 황제나 리페우스는 예수 그리스도보다 먼저 이 세 상에 살던 사람들입니다만, 그들은 그리스도가 오신다는 것을 알 고 믿음과 소망과 사랑을 가지고 살았습니다. 비록 천 년 전이라 도 예수 그리스도의 오심을 기다리던 사람들은 천국에 올 수가 있습니다."

단테는 그 말을 듣고 전에 림보에서 베르길리우스에게 들은 일 을 생각했다. 이교도나 그리스도 이전의 사람이라도 어떤 마음가 짐을 갖고 살았느냐에 따라 구원을 받고 천국에 갈 수 있느냐 없 느냐가 판단된다는 것을 알았다.

8
하늘에 걸려있는 야곱의 사다리

단테는 마침내 베아트리체의 안내로 제7의 천국 토성천에 닿았다. 베아트리체는 더욱 휘황찬란한 빛에 감싸여 바라볼 수조차 없었다. 단테는 눈이 부셨다. 그러자 그녀는 웃음을 감추고 단테에게 말했다.

"만약 내가 웃으면 마치 제우스 신을 보려다가 불타죽어 재로 변했을 때의 세멜레처럼 될 것입니다. 저는 영원한 집의 층계를 높이 올라갈수록 한층 더 아름답게 불타오릅니다. 만약 당신이 조심하지 않으면 그 빛살에 벼락 맞은 나무처럼 되어버릴지도 모릅니다. 여기는 제7의 토성천이니 정신을 바짝 차리세요."

세멜레는 그리스 신화에서 카드모스의 딸로 제우스를 사랑했다. 그러나 제우스의 아내 유노의 꾐에 빠져 휘황찬란하게 빛나는 제우스를 정면으로 바라보았기 때문에 불에 타서 재가 되고 말았다. 단테가 위를 올려다보니 무지개 같은 아름다운 야곱의 사다리가 하늘에 걸려있고, 천사들이 오르내리고 있었다.

〈야곱의 꿈〉 바르톨로메 에스테반 뮤 릴로, 1660–65년

    토성천은 기도하는 영혼들이 머물러 있는 곳이었다. 이사악은 에사우와 야곱 쌍둥이 형제를 두었는데, 야곱은 어느 날 형인 에사우의 노여움을 받아 라반으로 달아나는 길에 돌베개를 베고 잠깐 잠든 사이에 꿈을 꾸었다. 하늘에서 내려온 사다리가 보였고, 천사들이 오르내리고 있었다. 그때 그는 하느님의 소리를 들었다.

    "지금 네가 잠들고 있는 땅을 네 후손에게 주겠다. 네 후손들은 축복을 받아 크게 번성하고 널리 퍼질 것이다. 나는 네가 어디를 가나 보호하고 도와줄 것이며 너를 이 땅에 데려올 것이다."

    꿈에서 깨어난 야곱은 깜짝 놀라서 "하느님, 어디 계시옵니까?

저는 당신이 어디 계신지 까맣게 모르고 있었습니다. 이 땅이 바로 하느님의 집이요 문이옵니까?" 하고 외쳤다.

야곱은 마침내 돌베개를 세워 기름을 부어 하느님께 제사를 지내고 평생 하느님께 봉사하며 살 것을 맹세했다. 야곱의 기도 생활 덕분에 이스라엘은 점차 번영하게 됐다.

그때 사다리에서 내려온 빛의 천사가 단테에게 가까이 다가왔다. 단테는 속으로 그녀가 자신의 사랑하는 마음은 알 수 있지만, 자신이 언제 베아트리체에게 말을 꺼내고, 언제 침묵을 지켜야하는지 몰라서 항상 당황했다. 그래서 빛의 천사가 그것을 일러주었으면 싶었다.

바로 그때 베아트리체는 단테의 기분을 알아차리고 "천사에게 무엇이든지 알고 싶은 것이 있으면 물어보라."고 말했다. 단테가 용기를 내어 물었다.

"저는 당신에게 질문할 만한 자격도 없는 사람입니다만 한 가지 묻겠습니다. 당신은 어찌해서 우리 곁에 오셨습니까? 그리고 지금까지 하늘에서는 멋진 음악이 들렸습니다만 여긴 왜 이처럼 조용하기만 합니까?"

"제가 여기 온 것은 단지 그 노래와 빛으로 당신을 모시기 위해서 입니다. 그리고 노래가 들리지 않는 것은 당신이 지상에서 사는데 필요한 귀와 눈을 가졌기 때문입니다. 만일 여기서 음악을 들려드리면 당신의 귀는 고막이 터질지도 모릅니다."

단테는 많은 천사 중에서 오직 한 천사만 가까이 온 것을 알고 그가 누군지 알고 싶어서 조심스럽게 이름을 물었다.

"당신의 고향 가까운 곳에 있는 이탈리아의 남부 해안 사이, 산맥에서 가장 높은 1,700미터 높이의 카트리아 산이 있지요? 저는 그 산 기슭의 오직 예배만을 위해 있는 수도원에 살던 피에트로 다미아니입니다. 제가 있을 때 그곳 수도원 사람들은 열심히 일하고 기도했습니다만, 요즘은 지도자가 없어서 그런지 옛날 같지 않은 것 같군요."

피에트로 다미아니는 988년에 라벤나에서 태어나 부모로부터 버림을 받아 고난을 겪었으며, 형 밑에서 자라나 1058년에 오스티아의 대주교가 되었다.

그는 학자로서 성직자들의 부패한 생활의 탄핵자로서 잘 알려져 있다. 사람들은 그를 교회 박사라고 불렀다.

피에트로 다미아니의 말이 끝나자 어디선가 빛의 천사들이 한꺼번에 내려와서 성 다미아노를 에워싸고 환성을 질렀다.

단테는 순간 천둥이 울리는 것 같아서 무슨 말인지 알아들을 수 없었다. 단테가 기가 질려있을 때 베아트리체는 마치 어머니가 자녀를 돌보듯 단테에게 타일렀다.

"당신은 지금 천국에 와 계시니 놀라서는 안 됩니다. 지금 그 소리는 이곳 사람들이 올리는 기도의 소리입니다. 당신이 만일 천사들의 기도 소리를 알아듣게 된다면 당신이 죽은 후에 받게 될

〈천국의 여덟 하늘의 인물들〉(부분)_토성천의 영혼들과 야곱의 사다리, 필리프 바이트, 1817–27년

형벌도 알게 될 것입니다. 하느님의 벌을 빨리 받기를 바라는 사람들에게는 벌이 늦게 닥치고, 하느님의 벌을 두려워하는 사람에게는 벌이 빠른 것처럼 생각됩니다. 하지만 당신은 그런 생각을 하실 필요가 없습니다. 당신이 보아야 할 유명한 천사의 영혼이 이곳에는 너무 많으니까요."

그때 베아트리체의 말에 따라 수많은 빛의 천사가 단테에게 "무엇을 듣고 싶으신가요? 제가 설명해드리죠." 하고 다가왔다.

〈은둔하는 성 베네딕투스에게 음식을 주는 성 로마노〉 마이스터 메스키르히, 1835년

그때 가장 먼저 다가온 빛의 천사가 말했다.

"나는 몬테 카시노에서 베네딕토 수도회를 창설한 베네딕투스입니다. 내 곁에 있는 별들은 모두 묵상을 좋아하는 사람입니다. 우선 두 사람을 소개해드리겠습니다. 한 사람은 알렉산드리아의 은둔 성자로 수도원 주의를 주장한 마카리오이고, 또 한 사람은 카말돌리 수도원의 창설자 로무알도입니다. 하느님께서는 야곱의 꿈에 나타나셔서 천사가 많은 하늘나라의 사다리를 보여주셨습니다. 지금 지상에는 바로 야곱의 사다리에 오르고 싶어 하는 사람이 아주 많습니다. 따라서 내가 쓴 것은 낡은 신문지 조각처럼 되고 말았습니다. 지금 수도원들을 보면 너무 한심하기 짝이 없습니다. 보십시오. 성 베드로는 한 푼도 없이 교회의 기초를 마련했습니다. 나는 돈 없이 오직 기도와 단식으로 시작했으며, 프란치스코는 거지가 되어 수도원을 창설했습니다. 하지만 예수 그리스도의 그처럼 성스럽고 깨끗한 교리에 대해 저들 수도원의 뒤를 잇는 수도자들은 모든 것을 돈에 의지해서 하려고 합니다. 따라서 수도원 창설자의 거룩한 뜻은 점차 더럽혀져 갔습니다."

성 베네딕투스는 480년에 움브리아 지방에서 태어나 수비아코 산의 동굴 속에서 살았다. 성인의 이름이 세상에 알려지자 510년에 비코바로의 수도원장으로 임명되었으나 엄격한 계율을 시행했기 때문에 그를 독살하려는 음모까지 있었다.

그는 528년에 몬테 카시노로 가서 이교인 아폴로 숭배의 신전을 헐고 그리스도 교회를 세워 주민들을 개종시켰다. 베네딕도 수도회는 거기서부터 일어났으며, 이후 몬테카시노는 유럽에서 가장 큰 수도원이 됐다.

그곳은 나폴리와 로마의 중간에 있는 전략적 요충지로서 2차 대전 때 폭격으로 큰 피해를 본 곳이다. 베네딕투스의 말이 끝나자 많은 천사의 빛이 우르르 몰리며 위로 오르기 시작했다.

베아트리체가 단테에게 올라가자고 말했다. 단테는 마치 날개가 돋친 듯이 빛의 천사들처럼 사다리로 올라갔다. 아래를 내려다보니 하늘에는 일곱 개의 둥근 테두리가 손에 닿을 듯 아름답게 보였다.

그 아래는 더럽혀진 채 빛을 잃은 지구가 보였다. 일곱 개의 테두리는 지구보다 훨씬 크고 빠르고 깨끗하고 빛났다.

9
영원한 천국의 꽃동산

만물이 자취를 감추는 밤사이에 정든 나뭇잎 사이에서 어미 새는 새끼와 함께 둥지에서 새벽이 올 때까지 불타는 듯한 자애로운 정을 품고 해돋이를 기다린다.

베아트리체는 나무 위에서 어린 새를 맞이하듯 단테를 기다리고 있었다. 단테는 너무 눈이 부셔서 눈을 뜰 수가 없었다. 아아, 베아트리체여! 상냥하고 정다운 나의 길잡이여! 단테는 감격했다. 그러자 그녀가 말했다.

"당신을 압도하는 저 힘은 무엇으로든 막아낼 수 없습니다. 오랫동안 사람들이 애타게 기다리던 저 하늘과 땅 사이의 길을 열어준 지혜와 힘은 저 안에 있습니다. 이제 눈을 뜨고 제 모습을 보세요. 당신은 이제 내 미소를 견딜 만큼 눈이 강해졌을 거예요."

단테가 베아트리체를 바라보고 있을 때 다시 소리가 들렸다.

"단테님, 예수 그리스도 빛의 발아래 피어있는 백합과 장미를 보세요. 장미는 성모 마리아의 빛이고, 백합은 스승의 가르침을 사람들에게 전한 사도들의 꽃의 빛입니다."

그리스도의 빛이 움직임이 없는 하늘인 엠피레아에 오르자 단테가 눈을 떴다. 그때 성모 마리아의 거룩한 모습이 빛나기 시작했다.

그 주위로는 횃불을 든 가브리엘 천사가 나왔다. 이어서 지상에서는 모든 재산을 버린 덕행의 모범으로 알려진 사도들이 꽃동산에서 영원한 천국의 보배들을 갖고 있었다.

그들은 천국의 열쇠를 가진 베드로를 중심으로 기쁨과 승리의 노래를 부르며 줄지어 내려왔다.

이윽고 베아트리체가 단테를 축하의 식장으로 안내해서 구약, 신약 두 장의 양피지 위에 아낌없이 내리는 성령의 자비로운 진리를 가르쳐주면서 단테를 그들에게 소개했다.

"여러분은 지금 예수 그리스도의 큰 식탁 앞에 선택되어 초대받은 행복한 사람들입니다. 여러분은 하느님의 은혜로 이곳에 오셨습니다. 아무쪼록 이 분의 마음만을 보고 사랑의 샘물을 내려주십시오."

그 말을 듣고 있던 베드로가 기쁜 마음으로 두 사람 가까이 다가왔다. 베아트리체가 베드로에게 말했다.

"주님으로부터 기쁨의 열쇠를 받으신 성 베드로님, 당신께서 바다 위를 걸은 그 믿음으로만 그를 시험하십시오."

그러자 베드로가 말했다.

〈천국의 여덟 하늘의 인물들〉(부분)_엠피레아의 성 베드로와 성인들, 필리프 바이트, 1817–27년

"그럼 한 가지만 묻겠습니다. 당신은 자신의 신앙심을 어떻게 생각하고 계신지요?"

"성 바오로의 말대로 신앙이란 소망하는 바를 의심하지 않고 아직 본 적도 없는 하느님을 위해 성심껏 기도하는 것입니다. 하느님께서 선택하신 영혼의 목표를 정하고 그 목표가 또한 나에게 앞길을 제시해주는 것입니다."

그 다음 그들은 삼위일체의 교리에 관해서 많은 얘기를 주고받았다. 삼위일체란 성부인 하느님과 성자인 예수 그리스도와 성령은 오직 하나이며 일체라는 뜻이다. 베드로와 신앙에 관한 얘기를 마치자 이번에는 제2의 빛 야곱이 나타나서 단테에게 말했다.

"소망이란 무엇이기에 당신의 가슴 속에서 피어나는 것입니까? 그리고 소망은 어디서 오는 것입니까? 소망이란 미래의 영광을 기대하는 것이며 그 기대는 하느님의 은혜와 자신이 그 이전에 쌓은 덕망에서 생기는 것입니다. 수많은 성인의 공덕의 별은 내게 옵니다. 그것을 내게 처음 주신 분은 다윗 왕이었습니다. 그리고 신약과 구약의 두 성서는 그 목표가 무엇인지 우리들에게 알려주고 있습니다."

야곱이 말을 하고 있을 때 어디선가 '소망을 가지라'라는 노래 소리가 들려왔다. 그리고 그 소리에 맞춰서 별들이 성가를 부르기 시작했다.

이윽고 그 빛은 춤추는 소녀들과 함께 베드로와 야곱에게 다가왔다. 베아트리체가 단테에게 그것이 성 요한의 빛이라고 말해주었다.

그때 단테는 성 요한이 육체를 가진 채 천국에 올라갔다는 말이 떠올랐다. 그러자 그 빛이 단테에게 말했다.

"당신은 왜 내 육체를 보려고 하는지요? 나는 이미 지상에 육체를 두고 이곳에 왔습니다. 육신을 지닌 채 이곳에 계시는 분은 성모 마리아와 예수 그리스도뿐입니다. 지상에 돌아가시거든 그 사실을 사람들에게 전하세요."

〈광야에서 복음을 전파하는 성 요한〉 안톤 라파엘 멩스, 1760년

요한의 음성이 들렸으나 그 요한의 빛은 눈부시게 빛날 뿐이었
다. 단테는 요한의 빛이 너무 부셔서 베아트리체마저 볼 수 없었
다. 성 요한은 이어 사랑에 관한 말을 단테에게 전해주었다.

"다마스쿠스 사람 하나니아스가 하느님의 분부로 사도 바오로의 눈이 잘 보이도록 한 적이 있었으니, 베아트리체가 당신의 눈이 잘 보이도록 할 것입니다."

성 요한의 말이 끝나자 정말 베아트리체가 단테의 눈이 잘 보이도록 해주었다. 이어서 제4의 불인 최초의 인간 아담이 나타나 단테에게 말했다.

"당신이 뭐가 궁금한지는 내가 잘 알고 있습니다. 아담이 창조된 후 지금까지 세월이 얼마나 지났는지, 아담이 낙원에 얼마나 오래 살았는지, 그리고 인류가 죄를 짓게 된 이유가 무엇인지, 자신은 신으로부터 어떤 사명을 받았는지, 그 이유가 무엇인지 알고 싶은 것이겠지요? 당신이 알고 싶은 것들을 말씀드리겠습니다. 내가 하느님의 노여움을 산 것은 금단의 열매를 따먹은 것 때문이 아니라 내 분수를 지키지 않았기 때문이었습니다. 그 후로 나는 지상에서 930년 동안 살았고, 림보에서는 4302년을, 그리고 천국에 온 후로는 1266년을 살았으니까 모두 6498년이 되었습니다. 그리고 우리들이 사용했던 말은 니므롯 사람들이 바벨탑을 쌓기 전에 완전히 없어졌습니다. 또한 내가 지상의 낙원에 산 것은 오전 6시부터 오후 1시까지 약 7시간이었습니다."

10
하느님의 인류애의 사랑, 천지창조

전설에 따르면 스파르타 왕의 왕비 레다는 제우스 신에게 빌어 쌍둥이 카스토르와 폴룩스를 낳은 것으로 되어 있다.

그 쌍둥이가 머물고 있는 별의 궁전을 돌아본 단테는 거기서 곧바로 원동천이라는 제9천을 돌아보았다. 단테는 제1천 달에서 제8천 토성까지의 움직임을 관찰하고 있었다. 베아트리체가 단테에게 말했다.

"지상의 인간들이 간혹 탐욕에 빠져 타락의 비가 오면 모처럼 익은 과실들이 떨어집니다. 그래서 열매들은 어떻게든 유혹에 빠지지 않으려고 줄기를 붙들고 때가 오기를 기다려야 합니다."

두 사람이 원동천으로 올라가 빠르게 접근하고 있는 불의 테두리를 보았다. 그것을 천국에서는 천사 세라핌이라고 부른다.

그리고 그 아래에 있는 것이 천사 케루빔이다. 케루빔은 항성천을 맡고 세라핌은 원동천을 맡고 있다. 제3의 천사인 보좌는 제7의 토성천을 맡고 있는데, 제9천부터 제7천까지를 제1등급 천사

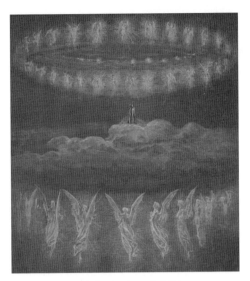
《신곡》삽화_천국의 천사들, 귀스타프 도레, 1868년

라고 한다.

이 천사의 등급은 디오니시오스의 말에 따른 것으로, 제6천에서 제4천까지의 천사를 제2등급 천사라고 해서 통치와 권능과 위력을 뜻한다.

제3천에서 제1천까지의 천사는 군권, 대천사, 천사로 구분된다. 어느 등급의 사람도 위아래를 잘 조화시켜 하느님 쪽으로 끌어가고 있다.

천사 등급별의 맡은 바 임무를 소개한 베아트리체는 천지창조의 동기가 하느님의 인류에 대한 영원한 사랑에서 비롯된 것임을 단테에게 자세히 얘기해주었다.

단테는 그 말을 듣고 지상에서 왜 그리스도 교회가 있어야 하는지를 진정으로 깨달았다.

11
성모 마리아의 만남과 거룩한 기도

　단테가 새벽에 마차를 타고 가다가 오케아누스 강에서 하늘로 올라가는 빛의 고향이라고 부르는 아우로라의 여신을 만났다.

　천사의 빛들은 이미 눈앞에서 사라지고 없었다. 베아트리체는 전보다 더 아름다운 모습으로 빛나고 있었다. 그 아름다움은 하느님 이외에는 아무도 잘 알 수 없는 변화였다. 단테는 자신이 어느덧 원동천 이상의 세계에 오른 것을 깨달았다.

　단테는 더는 아름다운 곳이 없다는 것을 알았다. 그곳에 온 기쁨은 말로 표현할 방법이 없었다. 베아트리체가 말했다.

　"우리들은 가장 큰 테두리의 원동천에서 이미 벗어났습니다. 이곳은 순수한 빛의 천계입니다. 이곳 지혜의 빛은 기쁨과 사랑으로 충만한 채 영원히 꺼지지 않을 것입니다. 이제 당신은 이곳에서 천사와 성도들을 최후의 심판 때처럼 숨김없이 볼 것입니다."

　단테가 돌아보니 이미 눈부신 빛이 주위를 에워싸고 있었다.

《신곡》 삽화_천사와 영혼들이 만들어낸 하늘의 장미. 귀스타프 도레. 1868년

그는 눈이 부셔서 앞을 볼 수가 없었다. 그것은 하느님의 특별한 부르심이었다. 그곳에는 봄의 꽃들이 피어나고 있었고, 시냇물이 흐르고 불꽃이 구슬처럼 빛나고 있었다.

"눈앞에 보이는 것들을 잘 기억해두세요. 향학열이야 말로 당신의 가장 큰 매력이지요."

단테는 열심히 관찰했다. 하늘의 큰 강이라고 여겼던 것들이 점차 둥글어지면서 태양보다 더 큰 호수가 되고 바람에 날려 떨어지는 불꽃은 그 호수를 에워싸고, 큰 장미의 바깥 쪽 잎같이 변해갔다.

베아트리체는 단테에게 무슨 말을 할 듯하다가 단테의 손을 잡고 하늘 위의 장미를 향해 갔다. 단테는 베아트리체와 함께 커다란 장미꽃 속으로 들어갔다. 자세히 보니 불꽃은 천사들의 빛이었고, 장미꽃은 성도들의 빛의 모임이었다.

천사들은 빛나는 옷을 날개처럼 펄럭이며 마치 꿀벌이 장미꽃 속으로 모이듯 꽃의 주위로 날아들었다. 천사들의 얼굴은 사랑의 불처럼 보였고, 날개는 금빛으로 거룩했으며, 그 밖의 꽃들은 흰 모습으로 향기를 풍기고 있었다.

단테는 그중에서도 가장 아름다운 장미 의자에 앉아 있는 사람들이 누군지 알고 싶었다. 단테가 주위를 살펴보니 베아트리체의 모습이 보이지 않았다. 단테는 깜짝 놀라서 옆에 서 있는 노인에게 베아트리체가 어디 갔느냐고 물었다.

"베아트리체는 나와 얘기를 나누도록 하기 위해 제3 단계 장미의 자리로 갔습니다."

단테가 위를 올려다보니 베아트리체는 하느님 성령의 빛을 받아 아름답게 반짝이고 있었다. 그는 크게 놀랐다.

"아아, 나의 소망을 굳히고, 나의 구원을 위해 지옥까지 오신이여, 지금까지 나는 당신 덕과 힘으로 이곳을 구경할 수 있었습니다. 당신은 나를 노예로부터 구원해 자유를 주셨습니다. 제발 내 영혼을 당신의 뜻대로 육체에서 벗어나게 해주시기를!"

단테의 진실한 기도에 귀를 기울이고 있던 베아트리체가 어디론가 자취를 감추었다. 그러자 존귀한 모습을 하고 있던 노인이 단테를 위로했다.

"나는 성모 마리아를 위해 일하고 있는 베르나르도라는 사람입니다. 베아트리체의 말씀을 듣고 내가 대신 이곳에 나타난 것입니다. 이곳은 내가 설명을 해드리겠습니다. 사랑하는 성모 마리아께서 우리들에게 은혜를 베풀어주실 것입니다."

단테는 그 말에 깜짝 놀랐다. 베르나르도는 프랑스 태생으로 시토의 베네딕도 수도원 원장이었으며 특별히 성모 마리아를 사랑해 많은 책을 저술한 성인이었다.

"당신은 지상과 천국의 아래쪽만 본 탓으로 이 하늘 위의 진정한 가치와 기쁨을 잘 알 수 없을 것입니다. 좀더 깊이 들어가서 이 나라 사람들이 어떤 여왕을 받들고 사는지 보십시오."

단테는 성 베르나르도의 권고를 따랐다. 그러자 곧 하늘 위의 장미꽃 빛 한가운데에 있는 황금의 땅에 불길이 보이면서 성모 마리아가 나타났다. 천 명 이상의 아름다운 천사가 날개를 펼치며 성가를 합창하고 있었다. 성 베르나르도가 말했다.

"성모 마리아의 발아래 있는 아름다운 여인은 하느님이 창조하신 인류 최초의 여인 하와고, 그 다음 번 자리에 앉아계신 분이

라헬과 베아트리체입니다. 라헬은 지상에서 가장 먼저 상기도의 생활을 시작한 분으로 가장 먼저 이곳에 오실 수 있는 자격을 가진 분입니다. 그리고 아브라함의 아내 사라, 그의 아들 이사악의 아내 레베카, 그 다음은 아시리아의 장군을 쓰러뜨려 적군을 두렵게 만들고 이스라엘에 승리를 안겨준 아름다운 유딧 부인, 일곱 번째 자리에 있는 여인은 다윗 왕의 증조모로 성모 마리아께 '저를 불쌍히 여기소서'라는 노래를 쓴 시인 룻, 그 다음은 히브리 여자들입니다. 장미꽃잎은 구세주 그리스도가 오실 것을 고대하고 있었던 구약 시대의 사람들과 그 이후에 그리스도 신자가 된 신약 시대 신자들의 빛을 뜻합니다. 그리고 저쪽은 세례자 요한, 아시시의 성 프란치스코, 노루치아의 성 베네딕토, 히포의 성 아우구스티노입니다. 한 가지 놀라운 사실은 신약 시대의 신자들과 구약 시대의 신자들의 수가 같다는 것이고, 그 아래에 귀여운 어린이들의 영혼이 있다는 것입니다. 그처럼 은총의 나눔은 각기 다르지만 쌍둥이 에사우와 야곱이 다르듯이 하느님께서 하시는 일은 공덕의 크기에 따라 정해지는 것이 아니라 그 배분 방법이 제각기 다르다는 점을 아셔야 합니다."

성 베르나르도의 말을 들은 단테는 대천사가 성가에 맞춰 날개를 퍼덕거리며 날아가는 모습을 지켜보았다.

"지금 성모 마리아에게 날아가고 있는 날개가 바로 대천사 가브리엘입니다. 그리고 저 높은 곳 성모 마리아의 바로 곁에는 인

〈천국의 여덟 하늘의 인물들〉(부분)_엠피레아의 성모마리아, 필리프 바이트, 1817–27년

류의 첫 조상 아담과 그리고 교회의 아버지인 베드로가 있고, 그 옆에는 성 요한이 앉아 있습니다. 그 반대편에는 이스라엘의 지도자 모세가 있고, 베드로의 맞은편에는 성모 마리아의 어머니 안나가 호산나를 부르고 있습니다. 그리고 아담의 맞은편에는 당신이 지옥에서 이곳으로 올 때 그 말을 베아트리체에게 전했던 루치아가 있습니다. 자아, 이제 당신은 좀 쉬어야 할 때가 된 것 같습니다. 이제 마음의 여행 시간은 다 끝났습니다. 내 얘기는 이쯤해서 끝내겠습니다. 이제는 당신 마음을 하느님 쪽으로 두십시오. 당신은 하느님 앞에서 조금도 물러서지 않도록 기도를 해야 합니다. 그러기 위해서는 성모 마리아께 내 기도에 맞추어 구원을 청합시다."

이어 단테는 성 베르나르도가 하는 기도대로 성모 마리아께 기도를 드렸다.

_끝

단테 알리기에리_Durante Alighieri 연보

1265년 이탈리아 피렌체에서 3월에 태어남.

1270년 어머니 벨라 사망.

1274년 베아트리체와 첫 만남. 당시 그녀의 나이는 9세, 단테의 나이는 10세였다. 그녀와의 첫 만남 이후 평생 단테의 마음속에 여성상으로 남음.《신곡》의 〈천국편〉을 안내한 이도 베아트리체다.

1277년-1280년 당대 최고의 시인이자 웅변자인 브루네토 라티니 스승에게 수사학, 고전, 문학, 웅변술 등 폭넓은 가르침을 받음. 또한 이 시기에 피렌체의 명문 도나티가의 딸 젬마와 약혼.

1283년 아버지 베린치오네 알리기에리 사망. 5월 1일, 길에서 베아트리체와 만남.

1286년 약혼녀 젬마와 결혼.

1287년 수도원 경영의 라틴어학교에서 문법과 수사학을 배우고 창작 활동을 시작. 베아트리체 다른 사람과 결혼.

1289년 캄발디노 전투, 6월에 기병으로 참전.

1290년 베아트리체 25세 나이로 6월에 사망. 철학과 신학에 몰두, 아리스토텔레스와 토마스 아퀴나스 등에 심취함.

1291년 《신생》집필 시작.

1294년 스승 브루네토 라티니 사망. 베아트리체를 찬양하며 쓴 글들을 모아 《새로운 삶》을 완성.

1295년 약사 길드에 가입, 본격적인 정치 활동 시작. 피렌체 36인 위원회 위원이 됨. 이후 피렌체에서 추방될 때까지 정치에 열성적으로 참여함.

1296년 피렌체의 100인 위원회 위원이 됨.

1300년 피렌체를 지배하고 있던 겔프당이 체르키 가문이 이끄는 백당과 도나티 가문이 이끄는 흑당으로 나뉨. 단테는 백당에 속해 있었고, 백당이 집권하자 3개월 간 최고위원을 맡는 등 권력의 핵심에 서게 됨.

1301년 피렌체 100인 위원회 재선. 교황 보니파키우스 8세가 토스카나 남부의 땅을 손에 넣기 위해 피렌체에 군대 파병 요청하자, 단테는 위원회에서 반대

연설을 함. 10월에는 샤를 발루아의 군대 동원을 막기 위해 교황청에 특사로 파견되었다가 억류됨. 11월 샤를 발루아가 피렌체에 입성하고 백당은 흑당에게 패배함.

1302년 단테는 흑당 정부에 의해 공금횡령죄로 2년간 국외 추방령과 벌금형을 선고 받고, 영구 추방됨. 이후 20여 년에 걸쳐 유랑생활을 시작함.

1303년 망명자들의 위원회인 12인 위원회의 위원으로 선출.

1303년-1304년 《속어론》 집필. 이 책에서 문학 언어는 라틴어보다 각 나라의 자국어가 낫다고 주장함.

1304년 겔프 백당이 7월에 피렌체 근교 라스트라 전투에서 흑당에게 참패함.

1306년-1308년 《신곡》의 〈지옥편〉, 《향연》, 《속어론》 집필.

1309년 피렌체의 망명자들이 3월에 루카에서 모두 추방됨.

1308년-1313년 《신곡》의 〈연옥편〉 집필.

1310년-1311년 1월까지 신성로마제국 황제 하인리히 7세를 보좌. 단테는 하인리히 7세가 이탈리아 반도의 분쟁을 종식시키고 자신도 피렌체로 돌아갈 수 있을 거라고 보았으나, 피렌체는 하인리히 7세를 받아들이지 않음.

1312년 피사에서 페트라르카를 만남. 그는 단테와 함께 이탈리아 르네상스의 토대를 마련하는 시인이 됨.

1313년 하인리히 7세 말라리아로 사망. 《제정론》 집필. 이 책에서 교황과 황제의 이상적인 권력 관계에 대해 논함.

1315년 죄를 공개적으로 인정하는 조건으로 흑당으로부터 사면과 귀환을 제의받지만 거절. 이로 인해 추방과 종신형을 재 선고받음.

1315년-1321년 《제왕론》 집필

1318년 《신곡》의 〈천국편〉 집필.

1321년 9월 라벤나 영주 폴렌타의 외교사절로 베네치아에 다녀오는 길에 말라리아로 사망. 단테의 유해는 라벤나의 성 프란치스코 수도사원에 안장됨.